MENDOZA
VERLAG

Sascha Gutzeit, geboren 1972, ist Autor, Schauspieler, Sänger, Komponist und Entertainer.

Er schreibt Krimis für jung und alt, Hörspiele, Songs, Musicals und Theaterstücke.

Mit seinen Musikshows, Krimi-Kabarettprogrammen, Lesungen, Live-Hörspielen und Konzerten absolviert er über 100 Auftritte pro Jahr im deutschsprachigen Raum.

Gutzeit ist zudem als Sprecher (u. a. Die Drei ???) tätig, hat seit 1993 elf CDs mit eigenen Songs veröffentlicht und nahm u.a. ein Duett mit Wolfgang Niedecken auf.

Er sammelt Schallplatten, liebt Tomate mit Mozzarella und isst nachts heimlich Nutella mit dem Löffel. Wenn Sascha nicht gerade durch die Lande tourt, lebt er mit seiner Familie in der Eifel.

www.SaschaGutzeit.de

Sascha Gutzeit

KOMMISSAR ENGELMANN

Super Retro Krimi Band 1

Die Geschichten dieses Bands erschienen ursprünglich in anderer Form in den Büchern »Tot ist tot, und Schnaps ist Schnaps!« (2013), »Kommste heut nicht, kommste morden!« (2014) und »Mörderisches Moseltal« (2014) im KBV-Verlag.

ISBN 978-3-00- 063903-6

Originalausgabe
©Mendoza Verlag 2019
Alle Rechte vorbehalten.
Dieses Werk darf – auch teilweise – nur mit Genehmigung des Verlags wiedergegeben werden.

Lektorat: Ingrid Rinke
Satz: Brigitte Bischoff
Umschlaggestaltung: Marc Seebode
Umschlagfoto: Jan Wiesemann
Tapete: Irene & David Rebel
Druck: CPI books GmbH

www.Mendoza-Verlag.de

Inhalt

Wer nicht so lange sitzen will, sollte sich stellen.

– Kommissar Engelmann

Tot ist tot –
und Schnaps ist Schnaps

Die Morgensonne lachte auf unser Kaff herunter.

An meinem Schreibtisch im Büro im hiesigen Polizeipräsidium sitzend, blinzelte ich in das fahle Licht, das die schmierigen Fensterscheiben von ihrem Schein übrig ließen. Ich griff nach der Cognacflasche, die stets auf dem Tisch neben dem Aschenbecher beim Telefon unweit meiner Schreibmaschine stand, denn für Kaffee war es viel zu früh. Doch als ich mir nur Luft ins Glas schüttete, merkte ich, dass die Flasche leer war.

Sapperlot, der Tag ging ja gut los.

Ich rückte meinen Hut zurecht und sprang auf. Schnell kritzelte ich *Bin gleich wieder zurück* auf einen Zettel, den ich auf die Tastatur der Schreibmaschine legte, die nah bei meinem Aschenbecher neben Telefon und Cognacflasche auf dem Schreibtisch stand. So würde sich Liesel keine Sorgen machen.

Mit Liesel meinte ich natürlich meine attraktive Assistentin, Polizeimeisterin Liesel Weppen. Dem Stand der Morgensonne nach würde sie sicher in den nächsten Minuten zum Dienst erscheinen. Und wenn man bei der hiesigen Mordkommission arbeitete, sollte man immer über alles informiert sein.

Ich nahm meinen Trenchcoat von der Garderobe und streifte ihn über. Kurzentschlossen verließ ich nicht nur mein Büro, sondern gleich das ganze Präsidium. Schnurstracks machte ich mich auf zu Alfons' Bahnhofskiosk, der quasi um die Ecke lag – so wie hier alles quasi um die Ecke lag, da Hiesig ein kleines Nest war.

Nach halbminütigem Fußmarsch gelangte ich über die Theodor-Friedrich-Wilhelm-Märklin-Straße zum Bahnhof. Sofort fiel mir das klitzekleine Pappschild auf, das in eines der Fenster des Kiosks geklemmt war. Darauf stand:

Liebe Kunden,

Evi hat Windpocken. Da sie so nicht in den Kindergarten gehen kann und ihre Mama Edeltraut nicht auf sie aufpassen kann, weil sie in der Änderungsschneiderei arbeiten muss, und ihre Schwester Bärbel, die gerne bei Evi bleiben würde, leider mit Magendarm flachliegt, wurde ich von Edeltraut, die übrigens meine Schwägerin ist, gebeten, mich – zumindest heute Vormittag – um die Kleine zu kümmern. Das tue ich natürlich gerne.
Da ich so kurzfristig allerdings keine Vertretung auftreiben konnte, muss mein Bahnhofsbüdchen vorübergehend geschlossen bleiben.

Ihr und euer Alfons

Mein kriminalistischer Spürsinn sagte mir, dass nicht ein Buchstabe mehr auf das winzige Schild gepasst hätte. Und, dass ich dringend etwas unternehmen musste, denn mit Windpocken war nicht zu spaßen. Und ohne etwas Vernünftiges im Magen konnte ich schlecht im Büro sitzen und auf einen Mordfall warten.

Als ich nach etwa vierzig Sekunden wieder am Polizeipräsidium angelangt war, hatte ich einen todsicheren Plan geschmiedet, um an Cognac zu kommen – ich war ja nicht umsonst ein ausgebuffter Kripobeamter.

Also fischte ich meinen Autoschlüssel aus der Manteltasche und ging zu meinem Dienstwagen, der gleichzeitig mein Privatauto war und am Bordstein vor dem Präsidium parkte.

Nun wieder besser gelaunt, stieg ich in den rosaroten Panda und bretterte mit 23 km/h und quietschenden Reifen davon. Der Fall »leere Cognacflasche« war schon so gut wie gelöst!

* * *

Das große rote Backsteingebäude erstrahlte in der Morgensonne.

Um dreizehn Minuten nach acht brachte ich den Panda davor zum Stehen und stieg aus. Rings um das Haus wiegten sich ein paar Kiefern schlaftrunken im Wind. Ich drückte auf die Klingel neben der Tür, über der in großen Lettern *Schnapsbrennerei Börner & Börner* geschrieben stand. Ebenso war der grüne Lieferwagen beschriftet, doch der war nirgends zu sehen. Die Brennerei der Börners lag etwas außerhalb von Hiesig, abseits der Landstraße, die zur Kreisstadt Dingenskirchen führte.

Hier wurden seit Generationen allerlei leckere Köstlichkeiten hergestellt und dann in alle Welt exportiert. Korn- und Obstschnäpse, edle Likörchen und was weiß ich noch alles. Hauptsache es hatte zig Umdrehungen und veranstaltete ordentlich Rambazamba in den Blutgefäßen.

Wie dem auch sei, hier würde man mir doch bestimmt mit einem Literchen Cognac aushelfen können. Ich klingelte noch einmal und dann drehte sich drinnen ein Schlüssel im Schloss und die Tür wurde geöffnet.

Die Frau, die im Rahmen erschien, war zwar die Hausherrin, optisch allerdings nicht gerade der Burner. Anfang fünfzig, mit hennaroter Kurzhaardackelfrisur sah sie ein bisschen aus wie Günter Strack, wenn der eine Frau wäre.

»Guten Morgen«, grüßte ich und tippte zum Gruß an meinen Hut.

Frau Sieglinde Börner war zwei Köpfe größer als ich, trug hauptsächlich ein geblümtes Schürzenkleid und duftete verführerisch nach Schnaps. Seit ihr Mann an einer Alkoholvergiftung gestorben war, führte sie das Geschäft alleine weiter.

»Ach, Sie sind doch der Kommissar aus dem Ort, gelle?«, freute sie sich. »Das ist ja eine Überraschung!«

»Ganz genau, ich bin Kommissar Heinz Engelmann, Chef der hiesigen Mordkommission.«

»Du liebe Güte! Aber … hier ist doch gar kein Mord passiert, Herr Kommissar …«

Dass das nur noch eine Frage der Zeit sein würde, konnte ich natürlich in diesem Moment noch nicht ahnen, also sagte ich: »Ich weiß, Frau Börner, ich bin auch nicht dienstlich hier, ich habe Durst.«

»Das ist ja nett«, meinte die Schnapsbrennerin und blickte sichtlich erfreut auf meinen Panda. »Und ihr schönes Auto haben Sie auch mitgebracht.«

»Na klar, oder glauben Sie, ich latsche die sechs Kilometer von Hiesig bis hierher?«

Mit einem Grinsen, das ich nicht recht zu deuten wusste, winkte sie mich ins Haus.

»Dann mal rein in die gute Stube.«

Der Hennadackel machte eine hundertachtzig Graddrehung und tippelte vorweg durch den Korridor.

»Es wäre schön, wenn Sie eine Flasche Cognac für mich hätten, denn die kleine Evi hat die Windpocken.«

»Mit Windpocken ist nicht zu spaßen«, ließ sie teilnahmslos verlauten.

Ich folgte der Börner in die Maischehalle. Hier stapelten sich Gerstenmalzbeutel und Kartoffelsäcke, während allerlei Obst und Früchte in Holzstiegen darauf warteten, durch den Schnapswolf geknödelt zu werden. Mehrere Destillen aus Glas und Messing, in deren Innerem es munter vor sich hin blubberte, standen herum. Ebenso ein mannshoher Brennkessel, aus dem es fröhlich dampfte. Diese Apparate ließen garantiert kein Korn auf dem anderen.

»Hier stellen wir das ganze scharfe Zeugs her, Herr Kommissar«, schwärmte Sieglinde Börner jetzt mit glasigen Augen. »Alles vom Allerfeinsten und nach streng geheimen Familienrezepten.« Sie fing an, mit den Händen vor ihrem stubsigen Schnapsnäschen herum zu fächern.

Im hinteren Teil der Brennerei thronten fünf Fässer an der Wand, die vom Boden bis zur Decke reichten. Der Aufschrift nach passten in jedes Exemplar eintausend Liter.

Sieglinde zauberte ein Glas hervor und wedelte damit herum. »Nun, Herr Kommissar Engelmann, was darf ich Ihnen denn zur Verkostung kredenzen?«, fragte sie erwartungsvoll. »Sie möchten doch bestimmt mal ein Schlückchen *Schwarzen Rachen-Börner* kosten. Aus Johannisbeeren. Oder unser *Flammendes Kirschinferno*? *Börners Lendenfeuer* aus hiesigen Schlehen kann ich selbstverständlich auch empfehlen. Knallt hervorragend, ist allerdings sehr süß.«

Mir wurde angst und bange und ich sehnte mich nach einem ganz gewöhnlichen Cognäcchen.

»Und bestimmt kann ich Sie für den Star unter unseren Spezialitäten begeistern, Herr Kommissar«, fuhr die Schnapsbrennerin fort. »*Börners Schnurzwurz*!«

»Was für'n Gerät?«

»Der *Schnurzwurz* ist nicht nur unser Verkaufsschlager, sondern auch schrecklich lecker. Hat knapp sechzig Umdrehungen, das Zeug. Mehr als ihr schicker rosaroter Panda da draußen.« Sieglinde Börner klopfte strahlend an eins der Tausendliterfässer. Das Fass antwortete mit tiefem Gluckern. Offenbar war es randvoll. »Oder möchten Sie sich einfach mal durchprobieren, Kommissar Engelmann? Hier ein Schlückchen, da ein Schlückchen?«

Frau Börner befüllte das Glas unter einem der Zapfhähne. Sie ließ keinen Zweifel aufkommen, dass sie mich unbedingt einer Schnurzwurzelbehandlung unterziehen wollte.

»Von diesem Zeug ist übrigens mein Männlein abgekratzt«, erklärte die Schnapsbrennerin, fast ein bisschen stolz. »Der Arme hat beim Etikettieren der Pullen einfach ein paar Mal zu tief eingeatmet.«

»Eine Tragödie«, seufzte ich. »Das muss damals ein schwerer Schlag für Sie gewesen sein …«

»Es war am Dienstag vor zwei Wochen.«

»Aha«, staunte ich nicht schlecht. »Und Sie haben wirklich keinen ganz gewöhnlichen Cognac da?«

Sieglinde schüttelte ihren struppigen Streichholzkopf und reichte mir das Glas, in dem das durchsichtige Nass hochprozentig hin und her schwappte. Allein das Bouquet klappte mir die Zehennägel auf links.

Doch ich roch plötzlich auch noch etwas anderes. Kölnisch Wasser? Dann traf mich eine Häuserzeile am Hinterkopf und irgendwer knipste das Licht aus.

* * *

Als ich die Augen wieder aufschlug, sah ich die Backsteindecke der Schnapsbrennerei. Bedeutete also, dass ich auf dem Rücken lag. Wölkchen aus Destillationsdunst trieben an meinem inneren und äußeren Auge vorbei.

Ich räusperte mich, um sicherzugehen, dass ich noch existierte und dabei fiel mir mein Gedächtnis wieder ein. Ich knurrte wie ein Straßenköter, dem man den Knochen wegnimmt.

»Frau ... Börner?«

Keine Antwort. Absolute Stille in der Destille. Instinktiv fasste ich mir an die Ohren, um zu gucken, ob sie noch da waren. Als ich meinen Hut zurechtrückte, bemerkte ich, dass das gute Stück verbeult und blutgetränkt war. Ich rappelte mich auf und stieß dabei an den hölzernen Griff eines Vorschlaghammers, der neben mir lag. Wenn mich nicht alles täuschte, hatte das dunkle Zeug, was daran klebte, dieselbe Blutgruppe wie das an meinem Hinterkopf.

Ich kam auf den Knien zum Stehen und klopfte die Splitter des zersprungenen Schnapsglases von meinem Trenchcoat. Ich war stocksauer. Die Löcher, die der *Schnurzwurz* in den Mantel gefressen hatte, würden nie wieder rausgehen!

Was war nur geschehen?

Und warum?

Und wer hatte mir den Hammer auf den Deez geballert? Die Zeiger meiner Armbanduhr formten eine Uhrzeit, die sich auf zwanzig Minuten nach neun belief! Nach Adam Riese musste ich also über eine Dreiviertelstunde hier auf dem kalten Steinboden herumgelungert haben.

Langsam gelang es mir, meinen Blick wieder scharf zu stellen. Ich sah mich um und dann entdeckte ich Sieglinde Börner. Ihre hennarote Birne badete in einer Likörlache vor einem der großen Fässer und die drei schwarz gebrannten Löcher, die in ihr klafften, lüfteten ihren Rücken gut durch. Ich kombinierte blitzschnell, dass sie unmöglich von einer Alkoholvergiftung dahingerafft sein konnte.

In meiner Kehle herrschte absolute Ebbe und ich musste mir dringend was Feuchtes hinters Gebiss jubeln.

Ich nahm meine ganze Kraft zusammen, wankte um Frau Börners Schnapsleiche herum und stolperte rumpelnd gegen eines der großen Schnapsfässer. Sofort bemerkte ich, dass das Glucksen ausblieb.

Verwundert bückte ich mich und drehte am Zapfhahn, doch nur ein hohles Gurgeln ertönte, das wie ein Karpfen klang, den man aus dem Wasser zieht und in ein trockenes Abflussrohr schiebt. Kopfschüttelnd probierte ich das nächste Fass. Und dann noch eins und noch eins. Doch weder das *Lendeninferno*, noch *Böser Rachendrachen* oder *Schnurzikowski* wollte aus den Zapfhähnen plätschern. Die Fässer waren alle rappelleer!

Fassungslos wollte ich meine Zigaretten aus der Manteltasche fischen, um mir in dieser dramatischen Situation wenigstens eine tröstende *Overstolz* durch die Kiemen zu löten, da durchfuhr mich ein eiskalter Schauer. Mein Autoschlüssel war weg!

Und kaum wurde ich dem gewahr, sickerte mir gleich der nächste Schreck durch die Glieder. Das Geräusch, das ich plötzlich vernahm, klang nämlich wie ein Wagen, der draußen vor der Schnapsbrennerei angelassen wurde. Und das Schnurren der zahnriemenbetriebenen Nockenwelle war unverkennbar.

»Ich schmeiß mich hintern Zug!«, platzte es aus mir heraus, denn ganz offensichtlich stahl gerade jemand meinen rosaroten Panda mit meinem geklauten Autoschlüssel!

Haste was kannste nahm ich meine Gebeine unter den Arm und rannte aus der dunstigen Maischehalle und durch den Korridor ins Freie.

»Achtung, Achtung, hier spricht die Polizei!«, brüllte ich. »Stehen bleiben!« Doch wer auch immer am Steuer meines Wagens saß, setzte zurück und wendete. Die Reifen des rosaroten Pandas quietschten wie in einem Film mit Steve McQueen. Geistesgegenwärtig schob ich meinen blutigen Hut in die Stirn, knotete den Trenchcoat fest zu und setzte zum Sprung an. In dem Augenblick, als meine Karre mit Karacho und heulendem Motor nach vorne schoss, bekam ich die hintere Stoßstange zu fassen.

* * *

Während ich am Heck meines Wagens hing und über den staubigen Feldweg geschleift wurde, vergeudete ich keine Zeit und kombinierte mir die Seele aus dem Leib. Die überstürzte Abreise konnte nur eins bedeuten: Wer auch immer gerade mit meinem Schlitten und gefühlten 46 km/h durch die Walachei raste, hatte höchstwahrscheinlich auch meinem Hinterkopf mit dem Hammer einen Vorschlag gemacht und die arme Sieglinde Börner abgemurkst. Und allem Anschein nach auch noch fünftausend Liter Schnaps entwendet!

Wo steckte der viele Fusel jetzt? Der Halunke oder die Halunkin musste einen Komplizen haben. Einen Komplizen mit Tankwagen.

Im Nachhinein war es mir unerklärlich, wie es der Person überhaupt möglich gewesen war, mit einer so deftigen Kölnisch-Wasser-Fahne unbemerkt in die Brennerei zu kommen. Ich hatte den Duft erst wahrgenommen, als es zu spät war …

Was für eine Schnapsidee, so viel Stoff zu stibitzen. Und welchem Zweck sollte das dienen? Schmuggel vielleicht?

Das alles würde ich herausfinden müssen, um diesen Fall aufzuklären. Und ich musste dem Täter dicht auf den Fersen bleiben. Wenigstens war das – an der Stoßstange hängend – kein Problem. Apropos … das veränderte Schleifgeräusch, das meine Schuhspitzen verursachten, verriet, dass wir gerade von Börners unbefestigtem Privatweg auf die asphaltierte Landstraße abgebogen waren. Der Richtung der vorüberfliegenden Landschaft nach zu urteilen, ging die Reise nach Hiesig. Mein Panda musste mittlerweile ganze 50 km/h auf dem Tachometer haben, denn aus der Gürtelschnalle meines Trenchcoats stoben jetzt Funken. Mit den Fingernägeln noch fester in den Kunststofflack der Stoßstange geschlagen, hing ich weiter meinen Gedanken nach.

Ich musste dringend meine attraktive Assistentin Liesel Weppen kontaktieren, damit sie die Fahndung nach circa fünftausend Litern Schnaps und meinem rosaroten Panda einleiten konnte. Das Autokennzeichen würde ich ihr durchgeben können, denn das hintere Nummernschild war von hier aus prima zu lesen. Doch wie sollte ich Liesel informieren?

Plötzlich ging der Panda in die Eisen und ich knallte mit dem Schädel brutal gegen die Heckklappe. Potztausend, jetzt blutete ich also nicht nur am Hinterkopf, sondern auch vorne.

Ich konnte nur hoffen, dass, wer auch immer am Steuer saß, den Rumms nicht gehört hatte. Warum hielten wir denn überhaupt auf offener Strecke an?

Prompt bekam ich die Antwort, als ich aus dem linken Augenwinkel am Straßenrand etwas Gelbes schimmern sah. Die Wagentür schlug. Schritte überquerten die einsame Landstraße und bewegten sich dann zu der Telefonzelle hinüber. Ich blieb sicherheitshalber am Wagenheck hängen, zog meine abgehobelten Schienbeine an und schmiegte mich mit der Wange ganz dicht ans Nummernschild, da ich auf jeden Fall vermeiden wollte, dass man mich entdeckte. So konnte ich dummerweise nichts sehen, hörte aber, wie der mysteriöse Fahrer meines Wagens versuchte, die Telefonzellentür hinter sich zuzuziehen, diese aber wohl klemmte und daher eine Handbreit geöffnet blieb. Zwei Münzen wurden in den Apparat geworfen und die Wählscheibe ratterte viermal. Also ein Ortsgespräch und keine lange Leitung. Gebannt lauschte ich den Ereignissen, die sich nur etwa fünf Meter von mir entfernt abspielten und wusste als erfahrener Kripobeamter, dass es jetzt spannend wurde!

»Bitte geben Sie mir den General.«

Die Stimme klang tief und fest und gehörte ganz klar einem Mann. Und er sprach mit einem leichten Akzent.

Offenbar hatte der Kerl nun den General am Rohr, denn er redete weiter. »Bongiorno, General Strike. Alles in guter Butter. Ich habe die Ware dabei.«

Meine Hände krampften sich fester um die Stoßstange und mein verwundeter Hinterkopf pulsierte.

»Wann treffen wir uns, General?«

Kurze Pause.

»Bene, General Strike. Heute wenn es dunkel ist. Und wo?«

Meine Güte, was hielt ich den Atem an!

»Level 42, ich habe verstanden. Und Sie vergessen auch nicht, die Piepen mitzubringen? Zwei Millionen Dollar, wie abgemacht.«

Der Mann mit dem leichten Akzent hielt kurz inne.

»Perfetto, General«, freute er sich dann. »Woran Sie mich erkennen? Nun, ich werde einen anthrazitfarbenen Zweireiher tragen, den ich auch jetzt schon anhabe. Und mein Haar ist streng zurückgegelt.«

Ich schluckte, denn mir wurde klar, dass diese Beschreibung nur auf einen passen konnte. Auf einen der fiesesten Strolche unserer Zeitrechnung!

»Si«, lachte dieser jetzt. »Zurückgegelt, wie es Marlon Brando in *Der Pate* trägt. Also dann bis später. Ciao.«

Der Hörer klapperte auf die Gabel. Der Kerl kam aus der Telefonzelle, sprang wieder in meinen Wagen, warf die Zündung an und weiter ging die rasante Verfolgungsjagd!

»Lunge, komm bald wieder«, pfiff ich, während mir die Auspuffgase um die Nase wehten.

Hätte ich nicht vielleicht doch besser vorhin aus meinem Heckversteck hechten, meine Dienstwaffe zücken und den Lump dingfest machen sollen? Oder wäre es schlauer gewesen, mich ins Gebüsch zu rollen, um nach der Weiterfahrt des Gauners von der gelben Telefonzelle aus meine Assistentin anzurufen? Einerseits schabte ich jetzt erneut über den Asphalt und sprühte Funken, andererseits war ich inkognito geblieben, was bei Ermittlungen in einem Mordfall durchaus hilfreich sein konnte.

Nein, nein, es hatte schon alles seine Richtigkeit, beschloss ich. So konnte mir der Fahrer meines Wagens garantiert nicht entkommen!

Im Windschatten meines Pandas begann ich aufs Neue, meine kriminologischen Gedanken zu sortieren: Der Halunke hatte offenbar mit dem Militär telefoniert. Wo sonst gab es einen General? Aber von welcher Ware hatte er gesprochen?! Der verschwundene Schnaps konnte ja unmöglich gemeint sein ... der passte wohl kaum in mein Auto. Was konnte die Kanaille dabei haben, das zwei Millionen Eier wert war?

Ging es am Ende gar nicht um den Fusel und war Frau Börner aus einem ganz anderen Grund aus dem Weg geräumt worden? Und was spielte dieser General Strike bei dieser Sache für eine Rolle?

Ich musste zugeben, dass dieser Fall immer undurchsichtiger wurde.

Aus dem rechten Augenwinkel sah ich den Abzweig zum Krankenhaus sowie zum Beppo-Brem-Gymnasium an uns vorbeizischen. Danach passierten wir das hiesige Ortseingangsschild. Kurz vor der Metzgerei Fleischmann drosselte der Fahrer das Tempo auf etwa 22 km/h und bog links in die René-Deltgen-Chaussee ab. Herr Kachelmann, der hiesige Fliesenleger, fegte den Bürgersteig vor seinem Häuschen. Er sah auf, als mein rosaroter Panda vorbeifuhr und ich nickte ihm zu. Winken wäre ja viel zu riskant gewesen.

Der Wagen schleifte mich noch ein paar hundert Meter die Chaussee entlang und kam dann am Bordstein vor der *Pension Luxemburg* zum Stehen.

Der Mann im anthrazitfarbenen Zweireiher mit den stramm zurückgegelten Haaren stieg aus dem Panda. Wieder zog ich die blutigen Beine an und kauerte mich hinter den Wagen, um von dem Gauner nicht erspäht zu werden. Eine sanfte Brise Kölnisch Wasser segelte zu mir herüber. Der Mann sprang die drei Stufen zum Eingang der Pension hinauf. Durch die Heckscheibe beobachtete ich vorsichtig, wie er im Haus verschwand. Ohne Zweifel war das exakt der Mann, mit dem ich gerechnet hatte! Na, das konnte ja heiter werden.

Endlich ließ ich jetzt die Stoßstange los und knibbelte mir unzählige Lackbrösel von den schweißnassen Patschehändchen. Dann klopfte ich mir den ganzen Rollsplitt aus den offenen Kniescheiben und schüttelte die Stoffreste von den Stoffresten der Stoffreste meiner Cordhose. Ich spürte ein leichtes Kratzen im Hals. So wenig Cognac war ich nicht gewohnt. Aber es war keine Zeit zum Jammern – jetzt hieß es abzuwarten.

Hinter der Litfaßsäule auf der anderen Straßenseite würde ich mich verschanzen und auf die Dunkelheit warten, die in etwa neun Stunden eintreten dürfte. Und dann, wenn die Kanaille im Zweireiher zu diesem ominösen Level 42 fuhr, um einem gewissen General Strike irgendeine geheimnisvolle Ware zu übergeben, würde ich – erneut an die Stoßstange geheftet – dabei sein!

Ich huschte also über die Straße, als plötzlich ein hässliches Zischen genau *die* Luft zerschnitt, die ich gerade einzuatmen gedachte. Geistesgegenwärtig sprang ich hinter die rettende Litfaßsäule und merkte, dass mich jemand anlächelte. Peter Alexander.

Er war flach wie eine Flunder an die Säule plakatiert und machte Werbung für seine neue Langspielplatte.

Keine drei Atemzüge später fauchte es wieder gefährlich und ein Geschoss schlug direkt neben meiner Schulter in Peters rechtem Nasenloch ein. Ich riss den Kopf herum. Auf den Stufen vor der *Pension Luxemburg* stand der anthrazitfarbene Zweireiher und spannte erneut den Hahn seiner schallgedämpften Knarre. Dann zischte der nächste Schuss in meine Richtung. Mir war klar, dass der Kerl ein guter Schütze war – ich hingegen war ein Steinbock.

Geistesgegenwärtig schlug ich den Rest meines Mantelkragens hoch und humpelte los, so flink es meine aufgerissenen Schuhspitzen erlaubten. Das war nicht besonders schnell, denn nicht nur war ich schwer aufgeschürft, ich hatte ohnehin mit Sport wenig am Hut. Lediglich als Jugendlicher hatte ich zwei, drei Spielzeiten in einem Nachbarort beim *TUS Nelda* als Linksaußen gekickt.

Nichtsdestotrotz schaffte ich es, dem einen oder anderen Schuss auszuweichen und ein Stück die Straße hoch in einen Hinterhof zu hechten. Es folgte mit wehendem Trenchcoat und einem ordentlichen Scheppern ein actiongeladener Sprung zwischen die dort scharenweise herumstehenden Ascheneimer.

Keuchend fummelte ich in der Manteltasche nach meiner Waffe, um etwas in der Hand zu haben, falls der Halunke mich hier entdeckte, zog jedoch eine orangefarbene Schachtel hervor. *Overstolz.*

Auch gut.

Untertauchen und rauchen. Während ich mir also eine Fluppe zwischen die Lippen klemmte, hoffte ich inständig, dass mich weder das Knistern der Zigarettenschachtel noch mein Keuchen verraten würde. Oder die Schnapswolke, die von mir ausging. Qualmend lag ich zwischen den Ascheneimern, das Herz schlug mir bis zum Hals und ich spürte, wie das Blut in meinen Adern Karneval, Fastnacht und Fasching feierte. Mein malträtiertes Kreuz tat mittlerweile höllisch weh und war so krumm und verbogen, dass ich mich in diesem Augenblick weniger als Kriminalkommissar fühlte, eher als Schief-Inspektor.

So gut es ging hielt ich meinen Atem im Zaum und hoffte nach wie vor, von diesem gemeingefährlichen Rabauken nicht entdeckt zu werden, als sich plötzlich ein Hauch von Kölnisch Wasser in den Hinterhof schmuggelte und ein Schatten über mir auftauchte.

»Feuer, Herr Kommissar?«

Ich zuckte so kräftig zusammen, wie es in meiner Lage nur ging. Der Glimmstängel purzelte zu Boden.

»Tut mir leid, Bulle, aber ich fürchte, Sie wissen einfach zu viel!«, grinste mich der aalglatte Killer hämisch an und spannte genüsslich den Hahn seiner Bleispritze. Ich war auch gespannt, während mir ein ganzes Kölnisch Wasserballett um die Nasenflügel tanzte.

»Verfluchter Polyp, glaubten Sie wirklich, ich hätte nicht gemerkt, dass Sie mich von der Schnapsbrennerei bis hierher verfolgt haben?«

»Davon bin ich ausgegangen, Gino.«

»Ach«, staunte jetzt der Ganove mit leichtem Akzent. »Sie kennen mich, Herr Kommissar?«

»Wer tut das nicht?«, grunzte ich. »Anthrazitfarbener Zweireiher und zurückgegeltes Haar wie Marlon Brando in *Der Pate*. Sie sind Gino Lollobrigida! Ein mieser Mörder, Gauner und Playboy, der von Bad Neuenahr bis Monte Carlo ebenso gesucht wird, wie von Rio bis Shanghai.«

»Und auf Bali und Hawaii!«, ergänzte Gino und stellte eiskalt einen seiner teerglatten Lacktreter auf meinem Brustkorb ab. Seine Augen funkelten jetzt böse. »Dann wissen Sie wirklich *viel* zu viel, Sie Schnüffler …«, knirschte er durch seine makellosen Zähne, mit denen man problemlos einen Werbefilm für *Strahler 70* drehen könnte.

Der Kerl beugte sich zu mir herunter und presste den Schalldämpfer fest gegen meinen Zinken. »Sag arrivederci, Bulle«, zischte er und sein zuckender Zeigefinger zappelte am Abzug. »Jetzt ist Feierabend!«

Doch mir war noch nicht nach Feierabend. Wir hatten nämlich noch nicht mal Mittag.

»Einen Moment noch, Signore«, sagte ich und riss erschrocken die Glubscher auf.

»Was … haben Sie denn?«

Ginos Augen folgten verunsichert meinem Blick.

»Kumma, da hinten, ein Ufo!«, rief ich und zeigte in den leicht bewölkten Himmel empor.

»Wo?«

Gino nahm den Schuh von meiner Brust und richtete sich auf.

»Da!«, kreischte ich und wies gezielt auf einen ganz bestimmten Punkt über uns im Sonnensystem, an dem sich natürlich nichts, aber auch rein gar nichts befand.

»Eine Ufo, sagen Sie?«

Der Gangster hatte mir nun den Rücken zugekehrt und suchte aufgeregt den Himmel ab.

»Ich seh niente! Wo soll eine Ufo sein?«

Mein Handkantenschlag war schneller als Lucky Lukes Schatten und traf Gino bretthart im Nacken.

Die Luft wich aus seinem Körper und er sackte neben mir zwischen die Ascheneimer wie ein altes, nach Kölnisch Wasser müffelndes Akkordeon.

* * *

Es musste gegen elf Uhr gewesen sein, als ich meinen rosaroten Panda vor dem Polizeipräsidium parkte. Direkt gegenüber befand sich praktischerweise mein Stammlokal – das *Café Inkontinental*.

Dieser verflixte Fall war so was von gar nicht geklärt, aber ich hatte erst mal die Faxen dicke und brauchte endlich dringend einen Cognac. Oder mehrere.

Also stieg ich aus meinem Wagen, der übrigens innen bestialisch nach Kölnisch Wasser stank, und wankte schmerzenden Schrittes ins Café.

Hier drin war es stets etwas dämmrig, was durch die dunkelbraune Holzvertäfelung an den Wänden noch untermauert wurde und der Duft von hausgemachter Sachertorte hing rund um die Uhr bleischwer in der Luft.

Ein paar Leutchen saßen herum, kauten auf ihren Schweineöhrchen, nippten an ihrem Tässchen Kaffee und lasen das *Hiesige Käseblatt*.

Ich grüßte in die Runde, streifte die noch leicht qualmenden Trenchcoatreste ab und nahm auf meinem angestammten Platz Platz. Mit dem ganzen getrockneten Blut am Kopf musste ich aussehen wie ein Zombie aus einem billigen Horrorfilm, denn Herbert Kellner, der Ober im *Café Inkontinental*, schaute nicht ganz so sonnig drein wie sonst.

»Kommissar Engelmann?«

»Ja, Ober Kellner, ich bin's wirklich«, seufzte ich. »Hab schon ganz schön was erlebt heute Morgen. Am besten, Sie bringen mir erstmal das Übliche und dazu die Speisekarte.«

Kellner, der Ober, nickte. »Ein Kripogedeck. Jawohl, kommt sofort.« Er flitzte in Richtung Theke davon.

Wenige Minuten später stellte er mir das Kripogedeck hin, das aus einem Cognac und einem Klaren bestand. Außerdem drückte er mir die Speisekarte in die Hand. Ich kannte sie auswendig, dennoch warf ich einen Blick hinein und bestellte dann wie fast immer das hausgemachte Ragout fin in Blätterteig mit einem Tümpelchen Worchestersoße.

»Und direkt noch ein Gedeck zum Nachspülen bitte«, rief ich Kellner hinterher, der bereits unterwegs zur Küche war.

Wenig später betrat meine attraktive Assistentin das *Café Inkontinental.*

»Dachte ich mir doch, dass ich Sie hier finde, Chef!«, trompetete Liesel erleichtert durch den Laden. »Nachdem Sie nicht gleich wieder zurück im Büro waren und ich die leere Flasche fand, war ich sicher, dass Sie sich im Café einen zwitschern!«

»Bin gerade erst gekommen«, brummte ich. »Und bisher habe ich leider keinen Tropfen intus.«

»Gute Güte, Chef!«, entfuhr es Polizeimeisterin Weppen, als sie sich an den Tisch setzte und mich näher betrachtete. »Sie sehen ja aus, als wären Sie in einen Aktenvernichter gefallen!«

»Tja, liebe Liesel, so ein Mordfall ist nun mal keine Krabbelgruppe.«

»Mordfall?«, fragte Polizeimeisterin Weppen und rückte sich verdutzt die Schirmmütze gerade.

»Aber hallo!«, nickte ich. »Ich bin da einer ganz hochprozentigen Sache auf der Spur!«

Dann erzählte ich von dem haarsträubenden Abenteuer, das ich erlebt hatte.

Als ich geendet hatte, war Liesel völlig von den Socken. »Sie haben völlig Recht, Herr Kommissar«, meinte sie. »Wenn die kleine Evi keine Windpocken hätte, wäre das sicher alles nicht passiert!«

»Meine Rede.«

»Und dieser Gino Lollobrigida steckt jetzt tatsächlich in Ihrem Kofferraum?«

»Gut verschnürt mit dem Starthilfekabel.«

Ich nahm von Ober Kellner das Ragout fin und ein weiteres Kripogedeck entgegen.

»Haben Sie denn aus Gino rauskriegen können, warum er Frau Börner so kaltblütig umgenietet hat, Chef?«, fragte Liesel weiter.

»Ging nicht«, entgegnete ich. »Er war sofort bewusstlos.«

»Na dann warten wir doch einfach, bis er wieder wach wird und fragen ihn«, schlug Liesel vor. »Dann ist der Fall doch ruck zuck gelöst, Chef!«

»Nicht ganz, liebe Liesel«, bremste ich meine Assistentin und stach meinen Löffel ins Ragout fin, auf dem sich die Worchestersoße verführerisch räkelte. »Bleibt immer noch die Sache mit der sogenannten Ware, die Lollobrigida angeblich dabeihaben will, um sie für ein Schweinegeld zu verkaufen.«

»Ach, stimmt ja«, murrte die Polizeimeisterin enttäuscht und warf ihre blonde Mähne in den Nacken. »Aber was könnte das sein?«

Ich zuckte mit den Achseln und nahm einen weiteren Löffel Ragout. »Ich habe den Panda von oben bis unten durchsucht und da ist absolut nichts Wertvolles drin«, nuschelte ich mit vollem Mund. »Nur das Übliche. Wagenheber, Eiskratzer und so. Und den Lenkradfellüberzug hab ich für zwei Mark vom Flohmarkt«, erklärte ich mümmelnd. »Und natürlich hab ich auch Ginos Zweireiherinnentaschen auf links gedreht, aber außer seiner Knarre samt Schalldämpfer, einem klebrigen Kamm, seiner Kunstlederbrieftasche, einer Packung *Eckstein*, einem *Raider*-Riegel und meinen Autoschlüsseln ist nichts herausgefallen.«

Ich zuckte mit den Achselhöhlen und stocherte in meinem Essen herum. »Null Ahnung, was der Halunke für happige zwei Millionen verscherbeln will.«

»Die verschwundenen fünftausend Liter Schnaps könnten es nicht sein, Chef?«

»Wie denn? Die sind ja nicht da!«

»So eine Menge Fusel kann sich doch nicht einfach in Luft auflösen …«, schmollte Liesel.

»Anscheinend ja doch«, brummte ich unzufrieden wie ein Hund, der in seinem Körbchen nicht die richtige Lage findet.

»Ach, Scheibenkleister!«, fluchte Liesel, fing sich aber schnell wieder. »Noch mal zurück zu der Telefonzelle, Kommissar Engelmann. Es war garantiert ein Ortsgespräch, das dieser Gino geführt hat?!«

»Die Wählscheibe hat sich nur viermal gedreht«, berichtete ich und legte den Löffel weg. »Und am Rattern konnte ich hören, dass es sich viermal um die *gleiche* Zahl handelte.«

»Wie passend!«, stieß Liesel hervor. »Eine Schnapszahl!«

»Witzig«, sagte ich ernst und nuckelte nüchtern an meinem leeren Cognacglas.

»Sie sind aber sicher, dass Gino beim Militär angerufen hat, Chef?«

»Ganz sicher. Er hat mit einem gewissen General Strike gequatscht.«

Meine attraktive Assistentin zauberte jetzt ein Lächeln hervor. »Dann kann er eigentlich nur mit der amerikanischen Raketenbasis telefoniert haben!«

»Raketenbasis?«

»Klar. Die liegt in der Senke, gleich hinter Dingenskirchen. In der Kreisstadt sind die Telefonnummern auch vierstellig, genau wie die hiesigen!«

»Natürlich!«, rief ich begeistert aus. »Diese Raketenbasis ist so geheim, dass sie einem nicht immer gleich einfällt. Angeblich arbeitet man dort an einem streng vertraulichen Projekt. Eine neuartige Weitstreckenmondrakete soll dort entwickelt, gebaut und getestet werden.«

»Ja Chef«, grinste meine Assistentin, »das Projekt *Rocket Man*!«

Jetzt grinste auch ich und rückte meinen verkrusteten Hinterkopf unter dem Hut zurecht.

»Bravo Liesel! Und wissen Sie was? Schon seit meiner Kindheit möchte ich mal eine echte Mondrakete aus der Nähe betrachten.«

Liesel machte schöne, große Augen und sah mich damit an.

»Aber Herr Kommissar, Sie haben doch nicht etwa vor …«

»Hab ich!«

»Aber die Raketenbasis ist, wie erwähnt, furchtbar streng geheim und wird total super abgeriegelt«, wandte Liesel ein. »Mit Strom auf dem Zaun und allem Schnickschnack. Da kommt keiner rein, Chef!«

Ich blieb ganz locker. »Wenn ich mir Ginos anthrazitfarbenen

Zweireiher überwerfe und mir die Haare streng mit Frisiercreme nach hinten schmiere, wie Marlon Brando in *Der Pate*, dann vielleicht doch.«

»Welche Haare?«, wunderte sich Liesel, die wusste, was unter meinem Hut los war. Ich lächelte breit. »Lassen Sie mich nur machen …«

* * *

Der Soldat am Gatter guckte teilnahmslos aus der Uniform.

Ich kurbelte das Fenster runter und fuhr mir durch die Perücke, welche ich mir aus dem reichhaltigen Fundus meines Kleiderschranks besorgt und mit *Brisk*-Frisiercreme eingefettet hatte. Undercover zu ermitteln war schließlich eine meiner Spezialitäten. »Buona sera«, sagte ich mit leichtem Akzent und beförderte mein bestes Marlon-Brando-Lächeln zu Tage. »Ich bin mit General Strike auf Level 42 verabredet.«

Der Soldat gab irgendein geheimes Zeichen in Richtung Wachhäuschen und schon schwang der surrende Elektrozaun wie von Geisterhand zur Seite.

»Geradeaus und dann links, Sir«, brüllte er mich an. »Level 42 liegt gleich hinter Level 41!«

»Grazie.«

Dann ließ ich den rosaroten Panda mit 12 km/h über die Raketenbasis rollen. Wenig später lenkte ich meinen Wagen in die gigantische, turmhohe Halle, die einem Flugzeughangar glich und auf deren halbgeöffnetem Metalltor *Level 42* geschrieben stand. In der Mitte der Halle war eine Rakete aufgebockt. Das musste die Weitstreckenmondrakete *Rocket Man* sein. Und darüber, in ungefähr fünfundvierzig Metern Höhe, baumelte eine Glühbirne und brach ihr Licht in dem blank polierten Blech des imposanten Weltraumgefährts.

Ich parkte den Panda daneben, schaltete den Motor ab und war just am Aussteigen dran, als auch schon zwei Uniformierte militärisch auf mich zuschritten.

»Guten Abend, Mr. Lollobrigida.«

»Genau der bin ich«, entgegnete ich freundlich und schüttelte mit meiner klebrigen Frisiercremehand die Pranke des hochdekorierten Soldaten.

»Hab Sie gleich erkannt«, sagte er mit sonorer Stimme. »Allein schon an der Frisur. Ich bin General Strike.«

Ich schüttelte vertikal mit dem Kopf und sah dann den Mann an, der neben Strike stand und wesentlich weniger Anstecker auf der Brust trug. Dafür aber einen Aktenkoffer in der rechten Hand. Wahrscheinlich waren da die Moneten drin.

»Das ist mein geheimer Mitarbeiter, Corporal Identity«, stellte mir der General den Mann vor und ich tippte zum Gruß an das Gel in meinem Kunsthaar.

»Ich muss Sie darauf hinweisen, Mr. Lollobrigida«, fuhr Strike fort, »dass unser Treffen hier auf Level 42 die Vertraulichkeitsstufe XXL hat.«

Mir sagte das nichts.

»Das ist äußerst hoch!«, erklärte daraufhin Corporal Identity, als hätte er meine Gedanken gelesen.

»Molto bene, meine Herren«, sagte ich mit einem Marlon-Brando-Lächeln, das seinesgleichen suchte. »Muss ja keiner wissen, was wir hier treiben.«

Strike wiegte seinen runden Kopf leicht hin und her. »Kommen wir zum Geschäft, Mr. Lollobrigida. Haben Sie die Ware?«

»Das sagte ich Ihnen ja bereits von der gelben Telefonzelle aus.«

Mein kriminalistischer Spürsinn verklickerte mir, dass ich nun keinen Fehler machen durfte.

»Dann darf ich also bitten«, sagte Strike und blickte mir fest in die Augen.

»Si, General, aber erst die Mäuse.«

Der General schüttelte den Kopf. Ich merkte, wie sich mein Nacken unter dem Kragen des Zweireihers anspannte.

»Ohne Ware nicht das Bare«, reimte nun der Corporal.

»Erst die Kohlen.«

»Mitnichten!«, beharrte General Strike. »Erst die Ware!«

»Nein, den Zaster!«

»Die Ware!«

»Die Piepen!«

»Die Ware!«

Leckomio, so kam ich ja echt keinen Schritt weiter. Kurzum zog ich Ginos schallgedämpfte Knarre aus der Jackettasche. Wenn ich schon als Ganove getarnt war, dann konnte ich mich ja auch so benehmen. »Sie kommen jetzt mal schön mit den Moneten rüber, maledetto!«, pflaumte ich die beiden Soldaten an, wedelte mit der Waffe wie im Krimi und bedeutete Corporal Identity, gefälligst den Aktenkoffer herauszurücken.

»Tun Sie, was er sagt«, brummte der General unzufrieden.

Ich setzte erneut ein filmreifes Marlon-Brando-Grinsen auf, als der Corporal das Köfferchen vor mir auf dem Boden ablegte.

»So ist fein«, lobte ich, bückte mich und ließ mit der Hand, die nicht die Waffe hielt, die Schlösser des Aktenkoffers aufschnappen.

Auf den ersten Blick sah ich, dass sich darin zwei Millionen Dollar in kleinen, unnummerierten Scheinchen befanden. Zufrieden begab ich mich wieder auf Augenhöhe mit den Soldaten. »Dann wollen die Herren jetzt bitte die Güte haben, mir zu verraten, was Sie für die vielen Mäuse bekommen sollten.«

Der General hatte jetzt einen Blick drauf, gegen den man sich nur mit Frostschutzmittel schützen konnte. »Moment mal …«, stieß er hervor und man sah, dass es in seinem Köpfchen arbeitete. »Sie … sind ja gar nicht Gino Lollobrigida!«

»Kluges Kerlchen«, griente ich und riss mir die briskierte Perücke vom Kopf. »In Wirklichkeit bin ich Kommissar Heinz Engelmann, der Oberguru von der hiesigen Mordkommission!«

Beiden Soldaten fiel jetzt die ganze Mimik aus den Gesichtern.

»Was man für bare Münze nimmt, kann manchmal Falschgeld sein«, philosophierte ich und umklammerte Ginos Wumme nun noch fester.

»Und äh … was haben Sie mit der ganzen Sache zu tun, Kommissar Engelmann?«

»Das wüsste ich auch gerne«, raunte ich. »Die kleine Evi hat die Windpocken und daher bin ich nur durch Zufall in die Geschichte reingerutscht. Ihr Jungs müsst mir schon sagen, worum es hier geht.«

»Na um den Sprit!«, bellte der General.

Sprit? Also doch! Da hatte Gino tatsächlich die Frau Börner abgeknallt und fünftausend Liter Schnaps aus der Börnerei geklaut, um sie ans Militär zu verschachern. Aber warum? Und wo zum Teufel steckte das ganze Zeug?

»Wo zum Teufel steckt das ganze Zeug?«, fragte ich entsprechend.

Strike streikte und zuckte nur mit den Schultern. Corporal Identity tat es ihm gleich.

»Null Ahnung. Aber sagen Sie mal, Herr Kommissar, wer hämmert da eigentlich schon die ganze Zeit von innen an die Heckklappe Ihres Autos?«

Ach du heiliger Strohsack! Ich hatte mich auch schon gewundert, was das für ein Radau war. Während ich das ganze Militär mit keckem Knarrenwedeln in Schach hielt, schlenderte ich zu meinem rosaroten Panda hinüber. Als sich der Kofferraumdeckel öffnete, haute mich die Wolke von Kölnisch Wasser fast aus den Latschen.

»Das Spiel ist aus, Gino-Bambino! Wo ist der *Schnurzwurz* und das ganze andere Zeug?«

»Sag ich nicht, Bulle!«

»Aber ich hab dich komplett umstellt!«, brummte ich und schwang die Knarre.

Der Ganove blickte in den Lauf seiner eigenen Waffe und ließ schließlich den Kopf hängen.

»Nun, Herr Kommissar«, seufzte er. »Wenn Sie es unbedingt wissen wollen …«

Na also. Gino Lollobrigida schien jetzt schmutzige Wäsche waschen zu wollen, obwohl er lediglich eine Unterhose trug.

»Dann raus damit.«

»Der Sprit ist in …«

Plötzlich ein hässliches Flirren in der Luft. Ein spitzer Gegenstand kam geflogen, durchbohrte mein Starterkabel und schraubte sich dann in Ginos wuschelige Flokatibrust. Leblos sackte er in meinen Kofferraum.

»Pech gehabt, Herr Kommissar!«, schrillte eine Stimme durch die Raketenhalle und vor Schreck ließ ich das Schießeisen fallen. Ich konnte es nicht fassen: Da marschierte doch tatsächlich die tote Sieglinde Börner quietschlebendig auf uns zu.

The return of the Börner!

»Keine falsche Bewegung, sonst durchbohre ich auch Sie mit einem meiner Korkenzieher!«, giftete sie. Ihr hennarotes Kurzhaardackelhaar leuchtete diabolisch im Schein der hoch hängenden Glühbirne, genau wie ihre Schnapsnase. Ein spitzer Gegenstand blitzte in ihrer Hand auf. »Da staunen Sie, mich zu sehen, was? Mein Tod sollte Sie von unseren wahren Machenschaften ablenken, Kommissar Engelmann. Sie sollten schön in meinem mysteriösen Mordfall ermitteln, während wir ganz in Ruhe den Sprit stibitzen und verscherbeln!«

Dann stand sie direkt vor mir und ich musste zusehen, wie sie meine Knarre quer durch die Halle in die Tiefe des Raums kickte, wie Günter Netzer.

»Natürlich konnte ich nicht zulassen, dass Gino alles ausplaudert«, grinste die Börner und pieste mir mit einem Korkenzieher gegen die Halsschlagader. »Und jetzt her mit den zwei Milliönchen!«

Ihre Schnapsfahne wehte so scharf am Wind, dass die Haare auf meinen Ohrläppchen sofort abstarben und zu Boden segelten. Außerdem drückte sie ihre spitze Waffe jetzt so doll auf meinen

Kehlkopf, dass ich glaubte, sie wolle meinen Adamsapfel entkitschen.

»So ist brav, Herr Kommissar«, blubberte die böse Börner, als ich mich in Zeitlupe zu dem Aktenköfferchen auf dem Boden bückte. Der Korkenzieher löste sich daraufhin von meinem Hals und die fiese Frühfünfzigerin machte einen Schritt zurück.

Als ich die Schlösser des Koffers zudrückte, ihn aufhob und ihn ihr widerwillig in die Hand gab, folgerte ich: »Sie und Gino steckten also unter einer Decke.«

»Ja, Sie Schlaumeier«, grinste Sieglinde. »Seit letztem Donnerstag ist er mein Liebhaber.« Ihr Günter-Strack-Gesicht hellte sich kurzzeitig auf. »Einen Tag nach dem Tod meines Mannes stand er auf der Matte, um eine Schnapsverkostung für irgendwelche zwielichtigen Freunde zu organisieren. Wir waren uns auf Anhieb sympathisch, also ist er über Nacht geblieben. Und da ich die Geschäftsbücher und einen Teil der Kontoauszüge immer auf dem Nachttisch liegen habe, bekam Gino sehr schnell mit, dass es mit der Schnapsbrennerei den Bach runterging. Da ich den Mann samt seinem streng zurückgegelten Haar gleich sehr attraktiv fand, wollte ich ihm nicht verheimlichen, dass der Gerichtsvollzieher bereits den grünen Firmenlieferwagen gepfändet hatte.« Die Börner holte kurz Luft und vergaß dabei nicht, den Korkenzieher weiterhin auf mich zu richten. »Da Gino ein paar Semester Chemie studiert hat, kam ihm sofort die zündende Idee, wie man den Saftladen wieder auf Vordermann bringen könnte. Er erzählte von gewissen geschäftlichen Verbindungen und dass wir bloß noch einen Wagen bräuchten ...«

»Verstehe«, unterbrach ich. »Und dann tauchte ich mit meinem Panda auf!«

»Allerdings.«

»Und schon hatten Sie ein Gefährt, um den Schnaps aus der Brennerei zu schaffen.«

»Ganz recht, Herr Kommissar!«

»Ich sollte davon selbstverständlich nichts mitbekommen, also hat ihr schnuckeliger Gino mich mit dem Vorschlaghammer außer Gefecht gesetzt.«

»Gar nicht schlecht bis hierhin, Herr Engelmann«, bekundete Frau Börner und schwang ihren Samuraikorkenzieher.

»Tja, und als ich wieder erwachte«, machte ich weiter, »sollte ich Sie für tot halten, denn die Leiche selbst ist in einem Mordfall meistens nie verdächtig.«

»Genau!«

»Da Sie aber noch leben, ist mir nun klar, dass Sie Ihre tödlichen Einschusslöcher mit billigen Scherzartikelaufklebern vorgetäuscht hatten.«

Sieglinde Börner bleckte die Zähne. »Keine Scherzartikelaufkleber, sondern diese runden Filzdinger, die man unter die Füße von Stühlen und Tischbeinen klebt, damit sie das Parkett nicht verkratzen«, klärte sie mich grantig auf. »Die gibt's nämlich auch in Schwarz.«

Sie stocherte mit dem Korkenzieher in meine Richtung und vor Schreck rollte ich so sehr mit den Augen, dass mein Blick über die imposante Mondrakete an meiner Seite schweifte. Wie aus dem Nichts fiel mir dabei ein Satz ein, den Liesel heute Vormittag im *Café Inkontinental* gesagt hatte …

So eine Menge Fusel kann sich doch nicht einfach in Luft auflösen.

… nicht einfach in Luft auflösen.

… in Luft auflösen.

»Nun, liebe Sieglinde«, lächelte ich am Ende meines Gedankenganges, »der ganze Fall ist für mich jetzt so klar wie …«

»Humbug!«, fiel mir Frau Börner ins Wort. »Sie wissen immer noch nicht, wo der Schnaps ist!«

Ich lächelte weiter. »Natürlich weiß ich das!«

»Unmöglich!« Sieglindes Augen verengten sich. »Da kann man gar nicht drauf kommen!«

»Sie selbst haben mir die Lösung auf dem heißen Blechdach serviert, werte Frau Börner.«

»Wie bitte?«

»Sozusagen in einem Silber-Omelette präsentiert!«

»Was?!«

»Erwähnten Sie nicht vorhin, dass Ihr Gino Ahnung von Chemie hat?«

Ratlos schüttelte mein Gegenüber den hennaroten Kurzhaar-dackelschopf. »Ja und?«

»Dann dürfte es doch für ihr Schätzelein überhaupt kein Problem gewesen sein, Ethanol in Ethan umzuwandeln!«

Das Günter-Strack-Gesicht der Schnapsbrennerin lief wüstenrot an, doch ich ließ mich nicht aufhalten. »Ich möchte jetzt natürlich nicht zu sehr ins Detail gehen, liebe Frau Börner, aber Gino hat das ganze Ethanol, das in dem scharf geschnurzten Wurz und dem anderen Feuerwasser enthalten war, einfach durch Verkürzung der C-Kette schwuppdiwupp in Ethan umgewandelt. Für jemanden mit chemischem Wissen ist das Pillepups. Durch diese Umwandlung wird nämlich der Aggregatzustand des Alkohols von flüssig in gasförmig geändert ...«

Offenbar hatte ich einen wunden Siedepunkt getroffen, denn Frau Börners Rübe schwoll langsam aber sicher zu einem sehr hässlichen roten Heißluftballon an. Ich machte einfach weiter: »In gasförmigem Zustand passen die ganzen fünftausend Liter natürlich ganz bequem dahin, wo sie niemand vermuten würde ...«

»So?« Die Heißluftballonbirne war nun startklar und kurz vorm Abheben.

»Jawohl«, triumphierte ich. »Nämlich in die Autoreifen meines rosaroten Pandas!«

»Sie wissen echt viel zu viel, Engelmann!!!«, tobte die Börner und stürmte mitsamt dem Killerkorkenzieher auf mich los. Doch ich hatte noch Text: »Der Plan war nicht von Pappe. Sie verkaufen dem Militär *Schnurzwurz* und Co. als Sprit für die *Rocket Man*, sozusagen als Raketentreibstoff nach Familienrezept. Und von den zwei Millionen Dollar führen Sie und ihr Ginolein ein Lotterleben in Nizza, Cannes oder Rio. Vielleicht sogar am Lago Amore oder auf den Barrikaden – tja, aber daraus wird jetzt wohl leider nichts.«

Mit dem Korkenzieher im Anschlag drängte mich Frau Börner jetzt gegen die Motorhaube meines Wagens und beugte sich wie eine feuerrote Furie über mich. Doch gerade als Sieglinde mich brutal entkorken wollte, hielt sie ganz plötzlich mitten in der Bewegung inne und kippte wie ein Steifftier auf den Betonboden von Level 42. Offenbar hatte ich den Schuss nicht gehört, erblickte aber jetzt – jenseits des zurückweichenden Pulverdampfes – Liesel Weppen, die gerade ihren rauchenden Colt in die Halterung ihrer eng sitzenden Diensthose zurückgleiten ließ.

Just wollte ich mich bei meiner attraktiven Assistentin für die tolle Rettungsaktion bedanken, da hörte ich ein zzzzzzzzzzzzzz-zzzzzzzzzzzzzzzzzzzischelndes Pfeifen, so als würde irgendwo Gasss ssssssssssssssssssssssssssssssssssssssss entweichen.

Offenbar hatte Liesel nicht nur Frau Börner getroffen, sondern auch …

Ich hatte den Satz noch nicht zu Ende gedacht, war ich bereits besoffener als vor zwei Jahren beim hiesigen Feuerwehrfest. Verschwommen sah ich noch den platten linken Vorderreifen meines Wagens, dann kullerte ich neben die – nun tatsächlich tote – Leiche von Frau Börner und hatte die Lampen so sehr an, dass das Licht ausging.

* * *

Als ich vier Tage später gut erholt aus dem Schnapskoma erwachte, stand Liesel lächelnd an meinem Bett im hiesigen Krankenhaus. Sie warf ihre blonde Mähne in den Nacken und ließ den Korken der Cognacflasche knallen. Kurze Zeit später hielt ich ein prall gefülltes Glas in der einen und eine brennende *Overstolz* in der anderen Hand.

»Der Alfons hat sein Büdchen inzwischen wieder geöffnet, Chef«, lächelte meine attraktive Assistentin. »Da hab ich Ihnen was Schönes mitgebracht.«

Ich grinste so breit wie es ging.

»Und die Überbleibsel Ihres Trenchcoats habe ich zum Woll- und Häkellädchen am Marktplatz gebracht«, fuhr Liesel fort. »Erna Fadenstrick meinte, sie wird den Mantel wieder zusammenflicken können.«

»Sie sind so gut zu mir«, freute ich mich, hatte dann aber doch noch eine dienstliche Frage. »Wie sind Sie eigentlich in die Raketenbasis gekommen? Ich dachte, die wäre so furchtbar streng geheim …«

Fräulein Weppen zeigte ihr kessestes Gesicht. »Auf furchtbar streng geheime Weise, Chef.«

»Wie soll ich das verstehen?«

»Ich hatte mich unter den unzähligen leeren Cognacflaschen versteckt, die sich auf dem Rücksitz Ihres Pandas türmen und bin mit Ihnen aufs Gelände gefahren!«

»Alle Achtung«, sagte ich anerkennend und nippte an meinem Cognac.

»Aber im Gegenzug, Herr Kommissar«, fuhr meine Assistentin fort und sah mich erwartungsvoll an, »müssen Sie mir bitte auch eine Sache verraten …«

»Ja, was denn, Liesel?«

»Wo Nizza ist weiß ich natürlich. Cannes und Rio sind mir ebenfalls bekannt, aber … wo genau liegen denn die Barrikaden?«

»Keinen Schimmer«, schmunzelte ich. »Als hätte ich Ahnung von Geometrie …«

Ende

Die Leiche,
die sich aus dem Anzug haute

Ein markerschütternder Schrei schallte über den ganzen Friedhof.

Es folgte ein dumpfes Poltern und Holz splitterte, als der Sarg zu Boden krachte. Die gesamte Trauergemeinde hielt den Atem an und Schreibers Erwin sich das Kreuz.

Warum ausgerechnet der Erwin den Sarg mittragen musste, war allen ein Rätsel. Seit Jahr und Tag hatte er es ganz schlimm an der Bandscheibe.

Aber er hatte drauf bestanden, denn die Ommi Schneider, deren Beerdigung das hier werden sollte, hatte ihn großgezogen wie einen eigenen Sohn, nachdem seine Eltern vor vielen Jahren bei einer Tretbootfahrt in Bad Ems von Möwen attackiert worden, daraufhin gekentert und dann in den Untiefen der Lahn verschollen waren. Aufgetaucht sind die beiden übrigens nie wieder. Aus dem Wasser erst recht nicht. Jedenfalls hatte die Ommi den kleinen Erwin bei sich aufgenommen.

Vor fünf Tagen nun war die achtundneunzigjährige Dame beim Glühbirnewechseln friedlich eingeschlafen. Na gut, ganz so friedlich war das dann doch nicht gewesen: Anstatt der neuen 60-Watt-Birne hatte Ommi Schneider nämlich unglücklicherweise ihren Finger in die Fassung geschraubt – und dabei dann selbige verloren.

Folglich war die alte Dame erst durchs ganze Wohnzimmer geflogen und dann in den Himmel gefahren.

Für heute war die Beisetzung angesetzt, vormittags um elf Uhr sollte die Ommi auf dem hiesigen Friedhof unter die Erde gebracht werden. Und da viele der wenigen Einwohner sie zu ihren Lebzeiten lieb gehabt hatten, waren sie auch zahlreich erschienen.

Zusammen mit dem Landwirt Jochen Bauer, dem Sekretär unserer Frau Bürgermeisterin, Raimund Eichen und dem Juwelier Uwe Lier hatte Erwin Schreiber den Sarg geschultert gehabt und ihn – dem Pfarrer folgend und mit der Trauergemeinde im stillen Schlepptau – den Kiesweg entlang zu Ommi Schneiders letzter Ruhestätte tragen wollen.

Bis Erwins böse Bandscheibe für einen Vorfall sorgte, der seinesgleichen suchte. Er hatte sich schreiend gewunden und sah sich nicht mehr in der Lage, die Totenkiste länger festzuhalten.

Entsprechend war der Sarg – Erwins Ecke voran – mit Karacho auf den Kiesweg gepoltert und hatte Jochen, Raimund und Uwe mit sich gerissen.

Doch das war ja alles nicht tragisch im Vergleich zu dem, was noch kam: Die Kiste, offenbar ein billiges Modell aus Nussbaumimitat, war im Zuge der abrupten Niederkunft in die Brüche gegangen. Die Trauergemeinde inklusive des Pfarrers war ruckartig stehen geblieben und stieß im Chor ein erschrockenes Raunen aus, denn in diesem Augenblick flog der Sargdeckel auf!

Die Menge stob schreiend auseinander und es gab ein ganz schönes Gedränge.

Ich bahnte mir meinen Weg durchs geschockte Getümmel, das nun entsetzt entgegengesetzt zum Friedhofsausgang drängte, und half Erwin in die stabile Seitenlage. Der kauerte nämlich wie ein kaputtes Klappmesser winselnd vor Rücken neben dem geknackten Sarg in den Holzsplittern.

Stöhnend hielt er sich mit der einen Hand die ausgeleierte Bandscheibe und mit der anderen deutete er auf den aufgesprungenen Sarg.

Mein Blick folgte Erwins Fingerzeig … und mit einem Schlag war mir völlig klar, warum sich die Trauerprozession vom Acker gemacht hatte. Ich starrte in Ommi Schneiders Sarg und musste mich doch sehr wundern! Denn da lag die Ommi Schneider gar nicht drin!

Lediglich ihr leeres Totenhemd, welches nun vom Wind erfasst und herausgeweht wurde. Es wirbelte durch die Luft und ich konnte das Leinenleibchen der Ommi bis rauf zur hiesigen Kirchturmspitze flattern sehen.

Erwin Schreiber bekam von der gespenstischen Flugschau nichts mit, er war auf dem Kiesweg in stabiler Seitenlage vor lauter Erschöpfung eingepennt. Es war wohl alles etwas viel für ihn gewesen, aber kein Wunder, der Erwin wurde ja jetzt auch schon bald dreiundachtzig.

Der Pfarrer stand unweit des aufgesprungenen Sarges, kreidebleich und reglos wie eine katholische Vogelscheuche. Offenbar hatte er das schauderhafte Schauspiel ebenfalls verfolgt, denn er blickte fassungslos zur Kirchturmspitze empor, wo der Wind das Totenhemdchen der Achtundneunzigjährigen wie eine Piratenflagge gehisst hatte.

Ich persönlich hatte kriminalistische Hummeln im Hintern, denn als Kripobeamter wusste ich genau, dass nun schnell gehandelt werden musste!

»Herr Pfarrer«, begann ich und klopfte dem alten Herrn auf die Schulter. Er sah mich an wie einen Außerirdischen, der gerade einen Kornkreis mäht. »Ich bin's, der Kommissar Engelmann!«, erklärte ich und zog meine Zehnerkarte fürs Freibad aus dem Mantel, da ich den Dienstausweis zu Hause vergessen hatte.

»Was für ein Mann?«, fragte der Pfaffe, dessen Gehörgänge nicht mehr die besten waren, und schaute mich mit glasigen Augen an.

»Polente!«, brüllte ich. »Schmiere!! Mordkommission!!!«

»Ach ja, natürlich ...«, brummelte der Pfaffe. »Und wo ist die Ommi Schneider hin?«

»Ich werde die Fahndung einleiten, um das herauszufinden, Herr Pfarrer!«, versprach ich und deutete Richtung Kirche. »Dürfte ich bei Ihnen mal schnell telefonieren?«

Der greise Geistliche machte ein Gesicht wie Buster Keaton. »Geht nicht, mein Sohn. Schon vor Jahren haben wir beim Ausheben eines Grabes versehentlich die Leitung gekappt. Aber sicher können Sie in der Nachbarschaft ...«

Bevor der Herr Pfarrer ausgeredet hatte, war ich losgerannt. Über den Friedhof, durch das gusseiserne Törchen und hinaus auf den Cornelia-Froboess-Weg.

* * *

Da in Hiesig alles sehr nah beieinander lag, gab es jede Menge Nachbarschaft. Wohnhäuser und Geschäfte. Ich raste am Elektroladen von Peter Strom vorbei und dann an Herrn Kachelmanns Fliesenlegerbetrieb vorüber. Beide verrammelt, was kein Wunder war, denn so gut wie alle Hiesige hatten der Beisetzung beigewohnt und waren nun auf dem Weg zum Leichenschmaus.

»Ich werde wohl oder übel die vierhundert Meter zum Präsidium sprinten müssen, um von dort zu telefonieren«, keuchte ich laut vor mich hin. »Wobei ich in diesem Fall nicht mehr telefonieren müsste, weil ich ja dann meiner attraktiven Assistentin direkt sagen könnte, dass wir die Fahndung ...«

Mitten im Satz legte ich eine Vollbremsung hin, dass das Leder unter meinen Schuhen aufschrie. Bei der Metzgerei Fleischmann brannte Licht!

Im Handumdrehen sprang ich durch die Ladentür.

Herbert Fleischmann – Mitte fünfundvierzig, untersetzt, schütteres Haar – wirkte überarbeitet und polierte gerade einen Schinkenhobel. »Hallo, äh … Kommissar Engelmann«, stammelte er, während die Türglocke noch über der Tür tanzte.

»Herr Fleischmann, dürfte ich mal bitte Ihren Apparat benutzen?«

»Sicher doch«, meinte der Metzgermeister verdutzt und reichte mir den Schinkenhobel.

»Nein«, wehrte ich ab. »Ich meine doch Ihren *Telefon*apparat.«

»Ach so, ja natürlich.« Er holte nun den Fernsprecher von neben der Kasse weg und stellte ihn vor mich auf die Fleischtheke hin.

»Danke«, nickte ich und ließ die Fingerchen genau dreimal durch die Wählscheibe fliegen.

Kurz, kurz, lang.

Nach einigem Geratter und Getute meldete sich meine attraktive Assistentin am anderen Ende des Drahts.

»Ihr Chef hier«, legte ich sofort los, denn ich hatte das Gefühl, dass wir bei diesem Fall keine Sekunde verlieren durften.

»Liesel, hören Sie, bei der Beerdigung von der Ommi Schneider ist etwas Schreckliches passiert. Leiten Sie bitte die Fahndung ein. Nach wem? – Na, nach der Ommi Schneider natürlich. – Ja, Liesel, mir geht es gut, den Schreibers Erwin musste ich allerdings in die stabile Seitenlage klappen und das Totenhemd der Ommi baumelt jetzt oben beim Wetterhahn. Ich weiß, das klingt alles etwas komisch, ist aber so. Seien Sie doch so lieb und machen sich auf den Weg in mein Stammlokal, genau, zum *Café Inkontinental*. Ja, Liesel, denn dahin hat sich die Trauergemeinde zum vorgezogenen Leichenschmaus verpieselt, weil auf dem Friedhof alles so furchtbar war. Also bitte gehen Sie ins Café und … obwohl wir alle Leutchen in unserem Kaff kennen, kann es trotzdem nicht schaden, wenn Sie die Personalien aufnehmen und alle Alibis überprüfen. Wir sehen uns dann später im Präsidium, dann erzähle ich Ihnen alles ausführlich, abgemacht? Machen wir's jetzt mal nicht so teuer. Tschüss.«

Ich legte auf und lächelte. »Vielen Dank, dass ich telefonieren durfte, Herr Fleischmann.«

»Macht zwanzig Pfennig.«

Blödmann. »Sie waren also nicht bei der Beerdigung?«, fragte ich nun, *ohne* zu lächeln und schob vier Fünfpfennigstücke auf die Theke.

»Nee, Herr Kommissar.«

»Und wieso nicht, wenn man fragen darf?«

»Die Ommi war Vegetarierin. Solche Leute sind nicht mein Fall.«

»Und jetzt ist die Ommi *mein* Fall«, sagte ich. »Tot und verschwunden.«

»Verschwunden?«

»Jawohl, Herr Fleischmann, daher muss ich Sie fragen, wo Sie vorhin waren.«

»Tun Sie, was Sie nicht lassen können.«

»Wo waren Sie vorhin?«

»Na hier, wo sonst?«, sagte der Metzgermeister und zuckte mit den Schultern. »Einer muss den Laden ja schmeißen.« Dann steckte er die Telefongebühren ein und sah mich an. »Aber wieso ist Ommi Schneider denn verschwunden?«

Ich seufzte. »Darüber darf ich nicht sprechen, solange die Ermittlungen andauern. Selbst wenn ich den Grund wüsste. Aber ich könnte jetzt gut ein leckeres Mettbrötchen gebrauchen.«

»Tut mir leid, Kommissar Engelmann, das geht nicht. Es ist leider kein Mett mehr da.« Traurig blickte Herbert in seine Auslage. »Und auch sonst nichts mehr. Weder geschnitten, noch am Stück.«

Jetzt fiel es mir auch auf. Alles alle alle! Die Vitrinen, die Kühlregale und die Fleischtheke waren komplett leergefegt. Tolle Wurst!

»Nun«, begann Fleischmann, »ich … äh … musste ja den Leichenschmaus für die Ommi Schneider im *Café Inkontinental* ausrichten. Mit Cervelatwurstschnecken, Mettigel, Roastbeeffröschen und so weiter … ein Riesenbuffet. Sie glauben ja gar nicht, wie schnell da meine ganzen Fleischwaren ausverkauft waren.«

»Verstehe. Tja, Pech für mich, Herr Fleischmann«, sagte ich und tippte an meinen Hut. »Ich muss jetzt aber los und ermitteln. Schönen Tach noch.«

Als ich die Metzgerei verließ, fiel mein Blick auf das Schildchen, das über der Ladentür hing. Darauf stand *Lieber Wurstfinger als Knoblauchzehen*, doch ich war anderer Meinung.

Dann trat ich hinaus auf die Straße, und es war fünf nach zwölf.

* * *

Die Uhr sagte mittlerweile halb drei, und ich saß an meinem Schreibtisch im Polizeipräsidium. Ich brauchte jetzt dringend einen Cognac. Aus der Dienstpulle, die immer neben dem Telefon beim Aschenbecher stand, machte ich mir einen Drei- bis Vierstöckigen klar, weil ich solch einen Hunger hatte.

»Und?«, fragte ich Liesel Weppen, die unterdessen im Büro auf und ab ging. »Hat die Fahndung was ergeben?«

»Nein, Chef«, erwiderte meine attraktive Assistentin und schüttelte bedröppelt ihre blonde Mähne. »Die verschwundene Leiche wurde nach ihrem Ableben nirgends mehr gesehen.«

»Hätte ja sein können«, zuckte ich mit den Schultern und saugte mein Glas in einem Zug leer. »Was war denn eigentlich los beim Leichenschmaus im *Café Inkontinental*?«

»Ach, es war brechend voll in der Hütte«, berichtete Liesel. »Sogar unsere Bürgermeisterin und Staatsanwalt Siegfried Wischnewski waren dabei. Alle haben auf Ommi Schneider angestoßen. Die Erna Fadenstrick, die das Woll- und Häkellädchen am Marktplatz hat, hielt eine kleine Rede und dann hat die ganze Mannschaft dieses Beerdigungslied gesungen.«

»Welches Beerdigungslied?«

Liesel begann ein paar Töne zu summen. »Na, Chef? Erkennen Sie die Melodie?«

»Natürlich«, lachte ich. »*Ein Stein, der deinen Namen trägt.*«

»Richtig! Dieser nicht tot zu kriegende Evergreen ...«

»Und was geschah danach?«

»Wie Sie wollten, Chef, habe ich die Personalien aufgenommen und soweit ich das feststellen konnte, war bis auf vier Personen ganz Hiesig erst bei der Beisetzung und dann im Café. Es fehlten der Metzger Fleischmann, der Herr Pfarrer, Schreibers Erwin ... und Sie, Herr Kommissar.«

»Ihre Wenigkeit nicht zu vergessen«, grinste ich, während ich eine gute *Overstolz* aus der Schachtel fummelte und ein Zündholz aufflammen ließ. »Sie waren ja hier im Büro.«

Ich atmete den traumhaften Rauch ein und spürte sofort, dass bei meiner Hausmarke der Geschmack im Genuss lag. »Tja, Liesel, ich denke, es handelt sich um einen wirklich *sargen*haften Fall. Haben Sie vielleicht eine Theorie, wie die tote Ommi sich in Luft auflösen können konnte?«

Meine hübsche Assistentin strahlte wie auf Knopfdruck über beide Backen. »Hab ich, Chef!«

»Na, dann raus damit!«, sagte ich und blies Qualm zur vergilbten Zimmerdecke.

»Vielleicht hatte Ommi Schneider ja eine Nussholzallergie, von der niemand wusste, und ist im Sarg zu Staub zerfallen.«

»Interessante These. Aber erstens bekommt man Allergien nur, *bevor* man tot ist, und zweitens hätte die Rappelkiste von innen ja total staubig sein müssen.«

»Stimmt, Chef.«

»War sie aber nicht!«

»Hmm. Und was ist, wenn das überhaupt nicht der Sarg von Ommi Schneider war? Man hat ihn aus Versehen vertauscht und die Ommi liegt jetzt noch ganz gemütlich in der Leichenhalle?«

»Ich wünschte, es wäre so, liebe Liesel, aber ich habe das Monogramm O.S., das ins Totenhemdchen gestickt war, genau gesehen, als es aus der Klamottenkiste und an mir vorbeigeflattert kam.«

Liesel starrte vor sich hin. »Dann kann es eigentlich nur noch eins sein.«

Unter meiner Hutkrempe sammelte sich vor lauter Spannung prompt ein Quäntchen Schweiß. »Was denn, liebe Liesel?«

»Ich trau es mich kaum auszusprechen, Kommissar Engelmann, aber unter diesen Umständen deutet einiges darauf hin, dass die Ommi zu einem Zombie geworden ist!«

»Und ist vor ihrer Beerdigung aus ihrem Sarg geklettert und spaziert jetzt munter durch die Gegend«, ergänzte ich skeptisch.

»Genau, Chef!«, rief meine attraktive Assistentin begeistert.

»Aber falls Ihre Hypotenuse stimmt«, gab ich zu bedenken und drückte meine *Overstolz* in den Aschenbecher, »dann hätte die Ommi doch gesehen worden sein müssen. Überlegen Sie doch mal … Hiesig ist ein so kleines Nest, da fallen achtundneunzigjährige Untote auf wie der Papst in einer Stripteasebar.«

»Stimmt nun auch wieder!«

»Außerdem wären wir in solch einem Fall gar nicht zuständig, Liesel. Da müssten Geisterjäger ran.«

Ich erhob mich vom Schreibtisch, ging auf meine Mitarbeiterin zu und tätschelte tröstend eines ihrer Bäckchen. »Nun werfen Sie nicht gleich das Handtuch ins Korn, liebe Liesel, wir werden die tot verschwundene Ommi schon finden und der Sache auf den Grund gehen.«

Während meine Hand über Liesels hübsches Gesicht glitt, bemerkte ich das cremige Zeug, das sich an ihrer Oberlippe befand und wich jäh zurück. »Sagen Sie, hatten Sie das immer schon?«

»Was denn, Herr Kommissar?«

»Nun … den Fettfilm da an Ihrer Schnute.«

»Ach so, das …« Liesel fuhr mit einem ihrer Zeigefinger um ihren Mund, als wäre es die Uferpromenade eines traumhaft schön gelegenen Stausees. »Ich denke, das ist …«

Vehementes Telefonklingeln fiel meiner Assistentin plötzlich ins Wort.

»Ach verflixt, ausgerechnet jetzt«, brummte ich, setzte mich zurück an den Schreibtisch und nahm den Hörer ab. »Ja? Hier Kommissar Engelmann von der hiesigen Mordkommission.«

»Ja … äh … guten Tag, Herr Kommissar!«, dröhnte es durch die Muschel. »Hier ist Knips.«

»Ach, hallo Herr Knips. Was gibt's?«

Rainer »Knips« Asmussen war der hiesige Fotograf. Seine Spezialität waren Fotos von weltberühmten Sehenswürdigkeiten. Wenn er nicht gerade durch die Weltgeschichte gondelte, nahm er auch für das *Hiesige Käseblatt* den einen oder anderen Auftrag an. Sein Atelier befand sich auf der Ecke von Fitz-Rasp-Straße und

Uwe-Seeler-Gasse, unweit des hiesigen Kinos, das man im Volksmund *Roxy* nannte, weil das auch in großen Lettern über dem Eingang stand.

»Hören Sie, Kommissar Engelmann, es ist eine Katastrophe!«, jammerte Asmussen lautstark. »Ich bin beraubt worden und man hat bei mir eingebrochen! Oder andersrum!«

»Aber Knips, jetzt mal ganz mit der Ruhe«, beruhigte ich den erregten Fotografen, holte mir eine *Overstolz* aus meiner Schachtel und sah, dass es leider die letzte war.

»Wie soll ich denn da locker bleiben, Kommissar Engelmann?! Ich war bei dem Leichenschmaus von der Ommi Schneider, komme gerade eben wieder hier in mein Fotostudio zurück, und da merke ich, dass die Tür aufgebrochen worden ist. Und die Wände … die Wände sind leer!«

»Man hat Ihnen also Bilder stibitzt, Knips?«

»Ja! Ist das nicht schrecklich?«

»Geht so. Und, lieber Knips, wer ist ermordet worden?«

»Ermordet? Öh … niemand, Kommissar Engelmann. Niemand.«

Ich rollte innerlich mit den Augen.

»Und wegen so einem Popelskram rufen Sie an, Knips? Ohne eine vernünftig abgemurkste Leiche müssen Sie uns als Mordkommission gar nicht kommen!«

»Aber … wer zum Henker ist denn dann für mich zuständig?«

Ich überlegte. Hmmm, eigentlich niemand.

Das hiesige Präsidium war so schnuckelig klein, dass es außer uns, der MoKo, nur noch einen Verkehrspolizisten, einen Herrn Staatsanwalt und die Pathologie gab.

»Lieber Knips«, wandte ich mich wieder dem Telefonat zu, »vielleicht rufen Sie einfach morgen wieder an. Oder in drei, vier Monaten. Wir lösen hier nämlich gerade den Fall mit der tot verschwundenen Ommi Schneider und haben alle Hände voll zu tun. Aber eventuell hat ja demnächst jemand Zeit und Lust, sich um Ihre verschwundenen Fotografien zu kümmern, ja?«

»Aber … aber … Herr Kommissaaaargh!«

Dann drang nur noch Stille durch den Hörer. Anscheinend hatte Knips sich etwas beruhigt.

»…«

»Hallo?«, fragte ich aber dennoch pro forma nach, als ich auch sieben Minuten später nichts von ihm gehört hatte.

»Hallöööchen?«

»…«

Ich lauschte weiterhin angestrengt der Stille in der Leitung und drückte dabei meine Kippe aus. »Knips? Sind Sie noch da?«

»…«

»Vielleicht hat jemand die Drähte durchgeschnitten, Chef!«, meinte Liesel und kräuselte ihre ansehnlichen Nasenflügel.

»Ich würde sogar noch weitergehen!«, sagte ich ernst.

»Sie meinen …?«

Ich nickte noch ernster.

»Das heißt, wir sind jetzt *doch* für ihn zuständig?«

»So ist es!«

»In diesem Fall hätten wir ja einen neuen Fall!«, kombinierte Liesel freudig.

»Auf alle Fälle.«

»Und der *alte* Fall?«

»Den lösen wir später. Die tote Ommi rennt uns nicht weg«, mutmaßte ich, sprang auf und drückte Liesel den Telefonhörer in die Hand.

»Sie halten hier die Stellung und horchen, ob der Knips vielleicht *doch* noch etwas sagt und ich düse zum Atelier.«

Und Knall auf Fall – wie der Speedy Gonzales unter den Ermittlern – war ich aus der Tür.

* * *

Ich konnte das Fotoatelier problemlos betreten, denn Gott sei Dank war die Tür ja aufgebrochen worden. Im Atelier war es so düster wie die Zukunft eines aufrichtigen Versicherungsvertreters.

Ich tastete neben dem Türrahmen über die Blindenschrift der Raufasertapete und fand den Lichtschalter. Inmitten der leeren Wände, an denen tatsächlich einmal Bilder gehangen hatten, saß Asmussen auf dem Stuhl an seinem Schreibtisch. Er hatte den Oberkörper seitlich auf der Tischplatte abgelegt und seine Beine, die in einer blauen Bluejeans steckten, seltsam um die Stuhlbeine geklammert. In der einen Hand hielt er nichts. In der anderen einen Telefonhörer. Seine weit aufgerissenen Augen waren fies hervorgequollen, und er hatte ein großes Loch in der Rückseite seines lindgrünen Dackelkragenhemds.

Man hatte Knips ausgeknipst, denn die Wahrscheinlichkeit, dass man sich das Leben nahm, während man telefonierte, war höchst unwahrscheinlich. Allein schon wegen der Gebühren. Und auf einen Unfall deutete nichts hin. Ich erkannte auch sofort, dass der im Atelier ausgebreitete Perserteppich Asmussens Blutgruppe aufwies.

Ich ging hinüber zum Schreibtisch und schraubte Knips Asmussen den Telefonhörer aus der Hand. Sie war noch lauwarm.

»Hallo Liesel, ich bin's. Hier ist alles unter Kontrolle. Am besten, Sie legen jetzt auf, damit es nicht so teuer wird.«

Dann nahm ich den Hörer vom Ohr, folgte dem Verlauf des Spiralkabels und wusste so nach einer Weile auch, wo sich der dazugehörige Telefonapparat befand.

Nachdem ich Knips den Hörer wieder in die Hand gedrückt hatte – um am Tatort nichts zu verändern – blickte ich mich weiter um.

Plötzlich hörte ich ein Grummeln und zuckte zusammen! Das fehlende Mettbrötchen in meinem Bauch machte sich lautstark bemerkbar. Und wie immer bei Magenproblemen griff ich in meinen Trenchcoat und suchte nach den Kippen. Leer!

Ach vermaledeit! Meine neue Schachtel *Overstolz* schlummerte noch im Zigarettenautomaten!

Ich stieß einen tiefen Seufzer aus und verließ das Fotoatelier. Die Tür lehnte ich hinter mir an, damit nicht gleich jedem x-beliebigen Passanten auffiel, dass da drin was im Busch war, geschweige denn sehen konnte, was sich Schreckliches abgespielt hatte.

Ich eilte zu meinem Dienstwagen, den ich vor Knips' Laden im Rinnstein abgestellt hatte und sprang in den rosaroten Panda.

Ich schmiss die Zündung an, gab Gas und jagte den Panda von 0 auf 22 in 56 Sekunden … und dann die Straße entlang. Ich musste zusehen, dass ich flott was zu rauchen bekam. Außerdem wollte ich natürlich schnellstmöglich zum Tatort zurück, um dort weiter zu ermitteln.

* * *

Etwa fünf Minuten später hatte ich mir am hiesigen Zigarettenautomaten, der in der René-Deltgen-Chaussee, unweit der *Pension Luxemburg* angebracht war, eine Schachtel *Overstolz* gezogen und war dann mit aufheulendem Motor und ganzen 26 km/h zurückgefahren. Im Rückwärtsgang, versteht sich, denn die meisten Straßen in Hiesig waren viel zu schmal zum Wenden.

Jetzt kam ich mit quietschenden Reifen wieder vor Asmussens Atelier zum Stehen.

Mit meinem Feuerzeug im Anschlag sprang ich aus der Karosse und steckte mir endlich den Glimmstängel an.

Am Ende der Zigarette würde ich ganz gewissenhaft den Tatort auf Fingerabdrücke und andere Spuren untersuchen. Und danach würde ich Frau Doktor Anna Lühse von der Pathologie verständigen müssen. Anna Lühse kannte sich super mit der Analyse von toten Leichen aus. Genau wie ihr Vorgänger, Doktor Tom Brose.

Ich nahm einen tiefen Zug von der Zichte, doch meine Lungenflügel fackelten nicht lange. Die frisch entzündete *Overstolz* entglitt vor Schreck meinen Lippen und landete auf dem Gehsteig. Die

Tür des Fotoateliers war nämlich nicht mehr angelehnt – sie stand sperrangelweit offen!

Ich schlug den Mantelkragen hoch und betrat leichtfüßig wie ein elegantes Erdmännchen den Tatort. Der blutdurchtränkte Perserteppich schmatzte unter meinen Schuhsohlen und ich ahnte sofort, dass hier irgendetwas nicht stimmte.

Der Schreibtisch, der Stuhl, das Telefon mit dem Hörer, ebenso die blauen Bluejeans und das lindgrüne Dackelkragenhemd mit dem klaffenden Loch – alles fand ich vor, aber der tote Knips Asmussen … war futsch!

Ich schluckte und ein mulmiges Gefühl packte meine Knochen am Schlafittchen. Zwar war ich kein Gerichtsmediziner, aber so flott ging doch – selbst in diesen schnelllebigen Zeiten – keine Verwesung vonstatten!

Nein, es half alles nichts: Ich musste den Tatsachen ins Auge sehen. Zum zweiten Mal an diesem Tag hatte sich eine Leiche in Luft aufgelöst! Doch wie? Und wieso, weshalb, warum?

Ich trat auf der Stelle. Das merkte ich daran, dass ich keinerlei Anhaltspunkte hatte … und auch an dem Geräusch, das meine Schuhe auf dem blutigen Perserteppich machten.

* * *

Es war jetzt früher Abend. Drei Tage später.

In der Zwischenzeit war nichts passiert. Absolut gar nichts.

Weder die Ommi Schneider noch Knips Asmussen waren wieder aufgetaucht und wir tappten völlig im Dunkeln, obwohl es draußen noch hell war. Und ich hatte wiederum noch nichts gegessen.

Ich saß an meinem Schreibtisch im Büro im Polizeipräsidium und starrte müde auf die Risse in den vergilbten Wänden. Liesel hockte mir gegenüber und schmökerte in einer alten Zeitung.

»Wissen Sie, Liesel«, begann ich schließlich. »Ich kann einfach nicht begreifen, warum die Verblichenen ohne ihre Klamotten verschwunden sind. Wenn ich Knips Asmussen wäre, hätte ich mein modisches lindgrünes Hemd nicht freiwillig zurückgelassen.«

Meine Assistentin ließ ihr hübsches Köpfchen hinter der Zeitung auftauchen. »Vielleicht sind die Toten ja entführt worden, Chef ...« Polizeimeisterin Weppen blickte nachdenklich drein. »Eventuell sind sogar Organspender am Werk!«

»Sie meinen Organ*händler* ...«

»Vermutlich, Chef. Oder wir haben es mit einem Serientäter zu tun.«

»Das, liebe Liesel, kann man *jetzt* noch nicht sagen«, gab ich zu bedenken. »Serientäter ist man immer erst ab dem dritten Mal.«

»Das heißt, das würden wir erst wissen, wenn die *nächste* Leiche verschwindet?«

»So ist es«, nickte ich. »So lange müssen wir uns wohl noch gedulden.«

Polizeimeisterin Weppen steckte die Nase wieder in ihre Zeitung, ich stierte weiter an die Wand und zählte zum zigsten Mal die Risse, die ein bisschen aussahen wie verrenkte Hausspinnen.

Dann rückte ich meinen Hut zurecht und fuhr mir durch die unrasierten Bartstoppeln.

»Lassen Sie uns lieber überlegen, was die beiden Leichen gemeinsam haben«, schlug ich vor. »Sind beide männlich? Nein. Sind beide Vegetarier? Nein. Sind beide Leichen Fotografen? Auch nicht.« Ich seufzte herzhaft. Es war zum Verzweifeln.

So viele Sackgassen musste ich erst mal sacken lassen. Liesel Weppen riss plötzlich mit lautem Geknister die Zeitung herunter. »Das ist doch nicht möglich!«, rief sie aufgeregt.

Ich rieb mir den glasigen Blick aus den Augen, guckte gespannt zu meiner Assistentin hinüber.

»Chef ... hier in der Zeitung ...!«

Gerade wollte ich sie fragen, was da in der Zeitung stand, als ich wieder das gewisse Etwas entdeckte, was in Liesels hübschem Gesicht fettig schillerte.

»Sagen Sie mal, Liesel, worüber wir neulich gar nicht mehr weiter gesprochen haben, weil das Telefon klingelte. Was ist denn nun eigentlich dieses cremige Zeug, das sich an Ihrer Oberlippe befindet?«

»Och das …«, lächelte Liesel und leckte sich mit der Zunge durchs Gesicht. »Das wird wohl Remoulade von meinem gerade verzehrten Brötchen sein. Die hat mir beim Leichenschmaus im *Café Inkontinental* schon so gut geschmeckt. Als ich dort die Personalien aufgenommen habe, konnte ich es nicht lassen, etwas vom Buffet zu naschen. Es gab nämlich lecker Russisch Ei!«

»Und ich dachte schon, Sie hätten einen ekeligen Abszess.«

Liesel schüttelte schmatzend die blonde Mähne, rückte ihre Schirmmütze gerade und machte dann wieder ihr aufgeregtes Gesicht von zuvor. »Hier in der Zeitung, Chef … haben Sie das schon gelesen?« Sie warf die vergilbte Zeitung zu mir auf den Schreibtisch.

»Und was soll das sein?«

»Das *Hiesige Käseblatt* von vorgestern.«

Neugierig beugte ich mich vor. Liesels schlanker Finger wies auf einen Artikel mit der Überschrift

SAUEREI – Mehrere Metzger ohne Fleisch und Blut!

Ich las den Bericht, der sich unter der reißerischen Schlagzeile entfaltete und konnte es nicht fassen. »Laut dieser Zeitungsmeldung von vorgestern, also dem Tag *nach* Ommi Schneiders geplatzter Beerdigung und dem Raubmord bei Knips Asmussen, wurden in der Umgebung insgesamt vier Fleischereien komplett ausgeraubt.«

»Genau Chef«, sagte Liesel. »Außer bei uns in Hiesig auch in Dortig, in Dingenskirchen und im Kurort Bad Simpsen!«

»Und was macht man mit so viel Räuberfleisch? Ein riesiges Grillfest auf die Beine stellen?«

Irgendetwas in meinen grauen Zellen sickerte gerade zur richtigen Stelle durch.

»Moment mal, Liesel!« Das Blut schoss mir in den Kopf. »Was … was haben Sie da *eben* gesagt?«

»›Genau Chef‹, hab ich gesagt, Chef.«

»Nein«, drängelte ich. »Ich meine davor!«

»›Dies hier müssen Sie lesen, Chef‹, hab ich davor gesagt, Chef.«

»Das ist es auch nicht, Liesel!«, rief ich. »*Noch* früher! Bevor Sie mir das Käseblatt auf den Tisch knallten!«

Fräulein Weppen überlegte kurz.

»Äh, ich habe alles Mögliche geplappert, aber meinen Sie vielleicht die Stelle, an der ich sagte, dass das Zeug an meiner Lippe Remoulade sei? Und dass es beim Leichenschmaus lecker Russisch Ei gab?«

»Genau!!! Das ist es! Und sonst?«

»Nix, nur Russisch Ei!«

Ich atmete einige Mal ganz tief durch und sah zu, dass das ganze Blut aus meinem Kopf langsam wieder zurück in meine Blutbahn plätscherte. »Dann bin ich jetzt der Lösung dieses Falls so gut wie auf der Spur, Liesel!«

»Wie denn das?« Meine Assistentin guckte, als hätte sie einen Stromschlag bekommen.

»Als ich vor drei Tagen beim Metzger war, um Sie anzurufen, da hat er mir erzählt, dass er nichts mehr in der Vitrine habe, weil er mit all dem Kram Ommi Schneiders Leichenschmaus bestückt hätte.«

»Na das ist mir ja einer!«, warf Liesel empört ein. »Das heißt, wenn der *Fleisch*mann nicht neuerdings auch der *Eier*mann ist, dann hat er voll gelogen!«

»Und ob!«

Ich hatte mit einem gewissen Metzger ein Wörtchen zu rupfen, also nahm ich den Hörer ab und wählte die Null.

»Vermittlung? Ja, hier Engelmann. Bitte verbinden Sie mich umgehend mit der Nummer von Herbert Fleischmann. Und zwar dringend!«

Es knisterte und surrte im Draht, dann tutete es am anderen Ende.

»Fleischmann.«

Der Metzger klang anders als sonst. Entweder war er zum Schlumpf geschrumpft oder hatte zuviel Helium eingeatmet.

»Wer ist da bitte?«, fragte ich sicherheitshalber nach.

»Fleischmann«

»Sind Sie sicher?«

»Ganz sicher. Ich bin die Tochter von meinem Papi.«

»Tochter, aha«, stutzte ich. »Ich hingegen bin der Onkel Kommissar und würde gerne mal deinen Vater sprechen.«

»Moment, Onkel ...«

»Fleischmann«

»Guten Abend, Herr Fleischmann. Hier spricht die Polizei, und ich fürchte, dass Sie sehr verdächtig sind!«

»Ich? Aber ... Herr Kommissar ... wieso denn?«

»Geben Sie auf, Herbert, ich weiß alles!«

»Sie ... Sie wissen ... wirklich ...?«

»Natürlich, Sie verlogene Schweinebacke! Sie haben dem *Café Inkontinental* überhaupt kein Fleisch geliefert, beim Leichenschmaus gab es nämlich lecker Russisch Ei und sonst nix!«

»Ja, Kommissar ... ich ... also ...« Fleischmann schnappte nach Luft.

»Wo ist denn Ihr ganzes Schlachtgedöns tatsächlich hin?«

»Es ... ist gestohlen worden, Kommissar Engelmann. Man ... man hat ... hat eingebrochen ... das ... das ... ist ja nicht nur bei uns passiert ... Sie haben es ja wahrscheinlich vorgestern in der Zeitung gelesen ... da geht irgendein ... Räuber um ... oder eine Räuberin ... aber ich wollte Sie nicht damit belasten, Herr Kommissar, weil ... weil Sie doch so viel zu tun haben ... mit der verschwundenen Ommi Schneider und derlei.«

Fleischmann war wirklich ein schlechter Schauspieler, daher merkte ich natürlich sofort, dass er erneut so schlimm log wie ein Politiker bei einer Wahlveranstaltung. »Es tut mir leid, dass ich Sie verdächtigt habe, Herbert«, sagte ich in den Hörer und warf meiner Assistentin einen ausgebufften Zwinkerer zu. »Und sollte ich zufällig etwas über den Verbleib Ihres Fleisches hören, gebe ich Ihnen selbstverständlich Bescheid.«

»Oh … danke, Herr Kommissar.«

Wie ein Honigkuchenpferd, das soeben grinsend telefoniert hat, schmiss ich den Hörer auf die Gabel.

Liesel verstand die Welt nicht mehr, das sah man ihr an. »Warum wollen Sie den Fleischmann denn nicht einfach verhaften, Chef?«, fragte sie verdattert.

»Weil ich doch zuerst eine Falle stellen muss!«

* * *

Außerhalb des Präsidiums war es mittlerweile dunkel geworden und die hiesige Kirchturmuhr schlug neun Mal an.

Mit Schmackes ließ ich den rosaroten Panda an den Straßenrand gleiten und sprang aus dem Wagen. Liesel, die meinen genialen Plan mittlerweile kannte, blieb sitzen, denn es würde nicht lange dauern.

Jenseits der Schaufensterscheibe brannte noch Licht und ich hämmerte gegen das Glas. Herbert Fleischmann – noch immer Mitte fünfundvierzig – polierte gerade einen Fleischerhaken und sah zu mir auf. Ich machte mit den Händen kurz eine dramatische Geste, die sagte *Komm du Hackfresse, jetzt mach schnell auf*! Dann klopfte ich wild weiter.

Herbert Fleischmann kam zur Tür gesprungen und schloss auf. »Ach, Herr Kommissar, was … äh … führt Sie zu mir? Gibt es etwa schon was Neues wegen meinem Fleisch?«, fragte der Metzgermeister, während seine Ladenglocke heftig umherschlackerte und ich mich an ihm vorbei in den Laden drängte.

»Bisher nicht«, keuchte ich, griff in meine Manteltasche und knallte zwanzig Pfennige in genau abgezählten Zehnpfennigstücken auf die leere Ladentheke.

»Ich müsste bitte dringend mal telefonieren! Man hat nämlich draußen auf dem Steg beim hiesigen Waldsee eine Tote gefunden!«

»Tat...sächlich?« Schweißperlen kullerten Fleischmann jetzt von der Stirn wie fieser Frühtau und er reichte mir den Apparat. Diesmal übrigens auf Anhieb den *Telefon*apparat.

Ich wählte flinken Fingers irgendeine fiktive Nummer, denn es musste ja alles echt wirken. Irgendwer meldete sich, doch das war mir egal.

»Hallo? Pathologie?!«, legte ich extra laut los. »Engelmann hier. Hören Sie, Frau Doktor Lühse, beim Waldsee liegt eine Leiche! Auf dem Steg ... und auf dem Rücken, ist gar nicht zu verfehlen. Völlig tot! Mit einem Messer in der Brust. Vermutlich ein Angelunfall! Oder Mord. Da sind Sie die Fachfrau. Vielleicht können Sie sich das bei Gelegenheit mal angucken. Klar, morgen früh reicht auch! Ich mach jetzt auch Schluss für heute. Danke, Anna und schönen Feierabend! «

Ich legte schnell auf.

»Danke, dass ich telefonieren durfte, Herr Fleischmann!«, rief ich. »Ich muss jetzt ab durch die Mitte und auf die Couch! Gleich kommt der Kulenkampff.«

Dann sprang ich auch schon aus der Metzgerei und hüpfte zurück in mein Auto.

Jetzt hieß es, gespannt sein! Ich peitschte den Motor auf zig Umdrehungen hoch und schoss dann mit am Armaturenbrett festgeklammerter Liesel und stolzen 43 km/h auf dem Tachometer kaffauswärts.

* * *

Der Waldsee schlummerte vor sich hin und das Mondlicht projizierte sich auf die spiegelglatte Oberfläche wie ein silberner Ölfilm. Aus dem Ohrenwinkel hörte ich die entfernte Turmuhr zehn Schläge tun, dann breitete sich die Stille mit voller Wucht über der Landschaft aus.

Ich hatte mich mit Polizeimeisterin Weppen ins Gebüsch verdrückt. Aber nicht so, wie Sie jetzt vielleicht denken. Nein, Liesel und ich lagen in voller Montur unweit des Stegs, der vom Ufer aus etwa dreizehn Komma vier Meter in den See ragte, wie bekloppt auf der Lauer.

Ein Rascheln knisterte durch die Dunkelheit. Dann Schritte auf dem Steg.

Alles lief also genau nach Plan. Der Täter hatte den Köder geschluckt.

Und plötzlich das aufheulende Knattern einer Kettensäge!

Da wir bei der hiesigen Mordkommission keine dicken Scheinwerfer zur Verfügung hatten wie die Kollegen im Theater, ratschte ich kurzerhand ein Zündholz an und hielt es spektakulär in die Höhe.

Was uns im gleißenden Schummerlicht des flackernden Flämmchens ins Auge fiel, war genau das, was ich nicht erwartet hatte! Ein kurzer Seitenblick zu meiner Assistentin sagte mir, dass auch sie gehörig von den Socken war.

Das, was sich vor uns auftat, war das metallische Aufblitzen einer Zahnspange. Während ich das Streichholz nach und nach in alle erdenklichen Himmelsrichtungen drehte, zeichneten sich rund um die Zahnspange erst ein Mund und dann sogar ein Gesicht ab.

Das Gesicht eines Mädchens.

Die Kleine war ungefähr drei Käse hoch, trug orangefarbene Leggins zu einem braunen Nicki und hatte brünette Affenschaukeln am Kopf. Viel schlimmer war allerdings, dass sie gerade unter furchtbarem Getöse und begleitet von bestialischem Benzingestank die Kettensäge bei der Leiche ansetzte, die auf dem Steg am Waldsee lag. Nur, dass es gar keine Leiche war, sondern die als Mausetote präparierte Gerichtsmedizinerin Doktor Anna Lühse, die so freundlich gewesen war, auch noch nach Feierabend bei meinem cleveren Plan das Lockvögelchen zu spielen. Mit Spielzeugmesser in der

Brust, fast echtem Kunstblut und allem Zipp und Zapp. Und nun war die Falle zugeschnappt!

Vor lauter Begeisterung zuckten Liesels und mein Schatten wohl etwas zu sehr, denn die kettensägende Killerknirpsin fuhr zu uns herum. Ihre knuffigen Knopfaugen schimmerten im Schein der unerbittlichen Zündholzflamme.

»Och, wie süß!«, rief Liesel hingerissen und wollte aus der Lauer krabbeln, auf der wir lagen, doch ich hielt sie an ihrem figurbetont sitzenden Polizeiuniformhemd zurück.

Dann zog ich das Megafon, das ich bei mir trug, aus dem Trenchcoat. »Achtung, Achtung!«, brüllte ich hinein – wohlgemerkt ins Megafon, nicht in den Trenchcoat – und blendete dabei das Kettensägenmädchen brutal mit meinem Zündholz. »Hier spricht die Polizei! Achtung, Achtung, du bist umstellt und hast keine Chance!«

Die Schlitze der Knopfäugelchen glommen uns vom Steg entgegen. »Solltest du nicht längst in der Heia sein?«, rief ich, während die Kleine, die ich vom Alter her spontan auf etwa neun Jahre schätzte, eine Unschuldsmiene aufsetzte, die sich gewaschen hatte. Sie ließ die Kettensäge hängen und das Dröhnen des Motors erstarb.

»Aber«, begann sie traurig und mit einer Heliumstimme, die mir bekannt vorkam, »ich hab mich verlaufen und finde nicht heim.«

Sie log genauso schlecht wie ihr Vater.

»Das Spiel ist aus, Fräulein Fleischmann!« Meine Worte hallten über den Waldsee und bohrten sich in die Düsternis. Ich steckte das Megafon weg, riss ein neues Streichholz an und stieg aus dem Unterholz. Liesel folgte mir. Zeit, das ach so süße Mädchen auf dem Steg in die Pfanne zu hauen.

»Pech für dich, dass es überhaupt keine Leiche gibt, nur die präparierte Pathologin. Und du bist uns voll auf den Leim gegangen!«, frotzelte ich. »Hätteste besser mal nicht meinen getürkten Anruf bei irgendwem vorhin mitgehört, was?«

Herbert Fleischmanns Tochter Mette ließ neben der Säge nun auch ihren Kopf hängen.

»Alle machen Fehler, keiner ist ein Supermann!«, sagte sie niederschlagen. Sie wirkte zwar wie ein etwa neunjähriges, harmlos dreinblickendes Gör in Leggins und Nicki, war aber im wahren Leben eine kaltblütige Kettensägenkillerin. Ich zückte meine Dienstwaffe.

»Du bist also für die verschwundenen Leichen verantwortlich!«, stellte ich fest und wedelte ein bisschen mit der *Mauser PPK*. Mette nickte und ihre Affenschaukeln baumelten traurig im sanften Nachtwind. »Stimmt, Onkel Kommissar. Erst hab ich sie klitzeklein geschnippelt und dann hab ich die Stückchen in meinen Koffer gepackt.«

»Welchen Koffer?«, wollte Liesel wissen.

»Na *den* da!«, sagte ich und zeigte auf das große lederne Teil, das neben Fräulein Fleischmanns kleinen Füßen auf dem Steg stand.

»Och!«, staunte Liesel. »Den hatte ich glatt überseh'n.«

»Kein Wunder«, warf die Knirpsin ein. »Ist ja auch ein Überseekoffer!«

Für eine Weile sagte keiner von uns ein Wort.

Mit der Hand, die nicht meine Dienstwumme hielt, kramte ich meine *Overstolz* hervor und schob mir ein Exemplar zwischen die Kiemen.

»Das war's ja dann wohl«, brummte ich.

»Es tut mir leid, Kleines«, fügte Liesel ernst hinzu. »Aber für das, was du getan hast, wirst du am elektrischen Stuhl aufgehängt, bis der Dingsbums eintritt.«

»Dann bist du aber schuld, dass ich keine Eins plus kriege, blöde Tante Polizistin!«

»Wie bitte?«

»Na, wenn ich mein Kunstprojekt nicht fertigstellen kann, dann kriege ich eine Sechs und kann nicht auf die Kunsthochschule, wenn ich groß bin.«

Ich sah Mette grimmig an. »Willst du böses Balg mir verklickern, du hättest Leichen für den Kunstunterricht zerlegt?«

Sie nickte stolz. »Ja, Onkel Kommissar. Ich brauchte sie doch für meine Modelle.«

»Modelle?«

»Für meine Nachbildungen von weltbekannten Sehenswürdigkeiten«, sagte Mette, während sie die Kettensäge streichelte.

Ich schluckte und mir wurde übel. Wenigstens hatte ich jetzt, nach den langen Tagen des unfreiwilligen Fastens, keinen Appetit mehr.

»Deshalb hast du auch Knips Asmussen umgebracht und ihn samt seiner Fotoausstellung entwendet? Um perfekte Vorlagen für dein Kunstprojekt zu haben?«, fragte ich die Kleine, obwohl ich die Antwort bereits kannte.

Im schummrigen Schein des langsam ausbrennenden Streichholzes bedeutete ich meiner Assistentin, das Gör in Ketten zu legen. Wenige Sekunden später hörte ich das vertraute Klicken der Handschellen.

»Und wehe, du sägst die auf!«, mahnte ich und wedelte im Dunkeln vielsagend mit meiner Dienstpistole.

Zu dritt machten wir uns auf den Weg zu meinem rosaroten Panda, den ich unweit geparkt hatte. Während wir einstiegen, hielt ich kurz inne.

»Frau Doktor Lühse?«, rief ich in die Schwärze der Nacht hinaus. »Sie dürfen jetzt wieder aufstehen! Der Fall ist geklärt. Schönen Feierabend!«

»Danke!«, tönte es vom Steg und ich ließ den Panda aufheulen.

* * *

Herbert Fleischmann war just dabei, ein Messer zu schleifen. Als Polizeimeisterin Weppen und ich seine handbeschellte Tochter samt Überseekoffer durch die Ladentür schoben, zuckte er so sehr zusammen, dass er sich fast ins eigene Fleisch schnitt.

»Da staunen Sie, was?«, grinste ich. »Ich guck gar nicht Kulenkampff, und Ihr Töchterlein ist mir nicht nur in die Falle getappt,
sie hat auch alles gestanden!«

»Hast du das wirklich, Mette?«

»Ja Papi!«

»Na«, seufzte Fleischmann, »wahrscheinlich ist es besser so.
Sehen Sie, Kommissar Engelmann, ich bin nur einfacher Metzger.
Und eigentlich wollte ich Müllmann werden. Doch mein Traum hat
sich nie erfüllt. Jetzt wollte ich wenigstens dafür sorgen, dass meine
kleine Mette das werden kann, was sie möchte. Und sie wünscht
sich nichts sehnlicher, als an einer Kunsthochschule zu studieren.
Doch dafür braucht sie eine Eins plus für ihr gestalterisches Projekt
in der Schule.«

»Ja. Ihre Tochter deutete auf dem Weg hierher so etwas an …«,
sagte ich ernst.

Der Metzgermeister holte tief Luft und schien den Tränen
nah. »Ach, ich hab ja gerne für meine Mette alles durch den Wolf
gedreht, damit sie weiterkneten konnte, aber ich konnte ja nicht
ahnen, dass ihr ständig das Bastelmaterial ausgehen und sie auf
die schiefe Bahn geraten würde. Als sie dann mit der toten Ommi
Schneider ankam, habe ich sehr geschimpft.«

»Aber Papi!«, regte sich Mette nun so sehr auf, dass ihre Handschellen rasselten. »Ich hatte dir doch lang und breit erklärt, dass
ich mit dem Eiffelturm noch gar nicht fertig war, und dass beim
Taj Mahal noch ein Türmchen gefehlt hat!«

»Ich weiß, Liebes«, seufzte der Metzger und sah mich dann mit
hängenden Schultern an. »Es tut mir leid, Kommissar Engelmann,
wenn meine Tochter etwas zu weit gegangen ist.«

»Keiner wusste, dass Sie *überhaupt* eine Tochter haben«, sagte
ich, um diesen Punkt auch anzusprechen. »Und das hat diesen Fall
natürlich unnötig in die Länge gezogen.«

»Genau!«, schaltete sich Liesel ein, »sonst hätte ich ja auch
Mettes Personalien aufnehmen können und dann wäre ganz schnell
rausgekommen, dass sie für keine Tatzeit ein Alibi hatte!«

»Meine Mette ist unehelich«, erklärte der Metzgermeister. »Und das ist gerade in einem Nest wie Hiesig nicht besonders gut für den Ruf.«

»Verstehe«, brummte ich und überlegte, ob ich das alles wirklich verstand.

»Aus der Künstlerkarriere meines Töchterchens wird jetzt wohl nichts, was?«

»Richtig getippt, Herr Fleischmann! Auf Ihr Mordsbalg warten jetzt säge und schreibe hunderttausend Jahre Jugendgefängnis!«

»Oh nein!«, maulte Mette bedrückt und zupfte dann am rechten Ärmel meines Trenchcoats. »Dürfte ich denn vielleicht meine Modelle ein letztes Mal sehen, bevor ich für immer in den Knast komme?«

»Wo hast du denn deine Kunstwerke?«

»In meinem Zimmer«, sagte die Kleine und lief voran, hinter der Kühltheke vorbei in den Flur, von dem aus eine Hintertreppe hinauf in die Fleischmann'sche Privatwohnung führte.

Oben angekommen, gingen wir durch einen schlanken Korridor, an dessen Wänden zig gerahmte Aufnahmen von bekannten Sehenswürdigkeiten hingen, wie man sie sonst nur in einem Fotoatelier sehen konnte. Mette öffnete eine Tür. Auf den ersten Blick war es ein Kinderzimmer wie jedes andere, mit einer Teddybärentapete, ein paar Kuscheltieren auf dem Bett und einem Puppenhaus. Was Mettes Reich allerdings von anderen Kinderzimmern deutlich unterschied, waren die vielen Skulpturen, die im ganzen Raum herumstanden. Auf dem Schreibtisch, in den Regalen, auf Kleiderschrank und Nachttisch. Mir blieb für einen Augenblick die Luft weg. Die Skulpturen waren aus Mett!

»Verdammte Hacke, das ist ja Hack!«, brachte ich fassungslos heraus und guckte mich um. Die Golden-Gate-Brücke, der schiefe Turm von Pisa, die Wuppertaler Schwebebahn, Stonehenge, die Sagrada Familia. Alle aus Fleisch und Blut und allesamt im Maßstab 1:46.

Auch Polizeimeisterin Weppen ließ ihren bibbernden Blick durch das Kinderzimmer schweifen und staunte über den Hackepetersdom, Schloss Neuschwanschwein und den Londoner Backen-Ham-Palast.

»Und, Liesel, sehen Sie da auf der Fensterbank«, sagte ich mit offenstehendem Mund. »Die hängenden Schwarten von Babylon und dort steht eine typisch holländische Rindmühle!«

»Wahnsinn, Chef!«

Alle Skulpturen waren bis aufs feinste Detail ausgearbeitet. Bei der fleischgewordenen Nachbildung des Nürnberger Christkindlesmarktes war in den Weihnachtsbäumen sogar das Lametta zu erkennen!

»In diesen Kunstwerken steckt mett Sicherheit ganz viel Liebe«, merkte Liesel an und warf der kleinen Künstlerin einen anerkennenden Blick zu.

»Aber auch die Ommi Schneider und der Knips Asmussen!«, ergänzte die kleine Fleischmann stolz und deckte ihre Wunderwerke eines nach dem anderen mit weißen Laken zu.

Ich wandte mich ab, denn ich konnte es nicht mehr mett ansehen.

»Sie sind verhaftet, Fräulein Fleischmann«, fauchte ich schließlich, nachdem das Mädchen all ihre Modelle abgedeckt hatte. »Mettkommen!«

* * *

Und so ging dieser Fall zu Ende.

Ich legte Herbert Fleischmann erneut zwanzig Pfennige auf die Theke und rief bei meinem Chef, Staatsanwalt Wischnewski, an, der dann auch kam, um den Mett-Dämon aus dem Verkehr zu ziehen.

Metzgermeister Fleischmann konnten wir nichts nachweisen. Immerhin war ja Fleisch durch den Wolf zu drehen in seinem Beruf kein Verbrechen. Als alleinerziehender Vater ohne Tochter sollte er es für die nächste Zeit ziemlich schwer haben.

Die Skulpturen würden wahrscheinlich vom Gesundheitsamt sichergestellt werden, vielleicht landeten sie aber auch im New Yorker Mettropolitan Museum.

Mich ging das nichts mehr an, ich hatte jetzt Feierabend. Also steckte ich mir eine *Overstolz* an und ging mit Liesel noch ein paar Schritte durch die Nacht, um frische Luft zu schnappen.

Mittlerweile hatte sich ein zaghaftes Morgengrauen in den schwarzen Himmel geschmuggelt. Wir bogen um die Ecke, auf den Cornelia-Froboess-Weg, und kamen kurz darauf an der Kirche vorbei, auf deren Turmspitze noch immer Ommi Schneiders Totenhemdchen wehte.

»Eins verstehe ich nicht, Chef«, begann Liesel und warf ihre blonde Mähne fragend in den Nacken. »Warum hatte Mette die Leichen zersägt und geklaut, aber die Klamotten immer zurückgelassen?«

»Ganz einfach, Liesel«, sagte ich und schmunzelte. »Weil sie ihr nicht passten.«

Wir lachten herzlich, weil das so furchtbar logisch war. Dann waren wir auch schon auf Höhe des Friedhofs und ich musste daran denken, wie dieser Fall hier seinen Anfang genommen hatte. Ich dachte aber auch noch an etwas anderes, also wünschte ich Liesel eine gute Nacht und ging auf das gusseiserne Törchen zu.

Ich wollte endlich das erledigen, was ich seit drei Tagen in der ganzen Aufregung völlig vergessen hatte: den armen Erwin Schreiber aus seiner stabilen Seitenlage zu befreien.

Ende

Abgrundtief tot

Den Regen hatte ich nicht auf dem Schirm gehabt.

Grummelnd brachte ich meinen Dienstwagen, den rosaroten Panda, vor dem Absperrband zum Stehen und stieg aus.

Ein scharfer Wind fegte über den Marktplatz und um die schiefen Häuser, die ringsherum standen. Murmelgroße Regentropfen peitschten mir ins Gesicht.

Die Turmuhr schlug neun Mal an, während ich meinen Blick über die kleine Mondlandschaft wandern ließ. Seit gestern Mittag riss hier nämlich ein Bagger das Kopfsteinpflaster auf und buddelte einen Krater.

Ich kletterte über das Absperrband und kraxelte am Rand eines aufgeschütteten Erdhaufens entlang.

Dabei legte ich mich fast auf den Hals, denn der Boden war verdammig schlammig.

Als Leiter der hiesigen Mordkommission machte man schon allerhand mit. Hiesig war zwar nur ein kleines Nest und doch lagen hier Gut und Böse nah beieinander, so wie Laurel und Hardy.

Ein Mann, so um die dreißig, in Blaumann und Schutzhelm lehnte an seinem Bagger.

»Guten Morgen!«, rief ich durch den peitschenden Regen und tippte zum Gruß an meinen bleischweren Hut. Da ich wie so oft meinen Dienstausweis verschlampt hatte, hielt ich ihm meinen Ausweis für die Kaffbibliothek hin.

»Sie haben also die Bullen gerufen?«

Der Baggerfahrer nickte. »Da soll man bloß eine Grube für das Fundament ausheben, denkt an nichts Böses und dann so etwas!«

»Fundament?«

»Ja, Herr Kommissar, hier kommt ein schöner Matratzenmarkt hin.«

»Verstehe. Und dabei haben Sie …«

Mit zittrigem Zeigefinger deutete der Mann Richtung Baugrube. »Da … da … unten drin ist es!«

Ich trat an den Rand des Kraters und erschauderte. Trotz der hohen Luftfeuchtigkeit war mein Hals mit einem Mal staubtrocken. »Das sieht nicht gut aus«, sagte ich, nachdem es mir nicht mehr allzu sehr die Sprache verschlug. »Ich fürchte, diese Baustelle ist bis auf Weiteres beschlagnahmt.«

»Beschlagnahmt?«, konnte es mein Gegenüber nicht fassen. »Aber bereits in drei Monaten will *Matratzen Comfort* die hiesige Filiale eröffnen, Herr Kommissar! Wenn ich jetzt nicht weiterbuddele, dann …«

Mein Schulterzucken fiel ihm ins Wort. »Sie haben doch gesehen, was dort unten in der Grube los ist.«

»Aber, Kommissar Engelmann, hören Sie …«, wollte der Baggerfahrer losprotestieren, und ich wusste sofort, was zu tun war.

Ich schüttelte so vehement mit dem Kopf, dass der Regen von meiner Hutkrempe spritzte. »Nein, guter Mann, *Sie* hören *mir* jetzt zu.« Dann zog ich das Megafon, das ich hin und wieder bei mir trug, aus meinem Trenchcoat und setzte es an die triefenden Lippen.

»Achtung, Achtung, hier spricht die Polizei! Bitte keine Widerworte mehr!«

Der Blaumann guckte mich völlig entgeistert an.

»Sie steigen jetzt in Ihren Bagger und warten dort, bis ich den Fall aufgeklärt habe!«, machte ich weiter. »Außerdem hab ich das ganze Arenal … pardon, ich meine das ganze Arsenal umstellt und es gibt hier nichts zu sehen!«

Taub und stumm kletterte der Mann ins Fahrerhaus des Baggers und knallte die Tür hinter sich zu.

Ich warf den nächsten unbehaglichen Blick in die Grube zu meinen Füßen, während der Regen ohne Unterlass auf die ganze Szenerie niederprasselte.

»Was gibt es denn hier nicht zu sehen, Herr Engelmann?«, fragte plötzlich eine weibliche Stimme hinter mir. Sie gehörte Erna Fadenstrick, einer netten, älteren Dame, die hier am Marktplatz ein Woll- und Häkellädchen unterhielt. Als ich mich zu ihr umdrehte, schlug mir eine Pflaumenschnapsfahne entgegen.

Ich zeigte in die Baugrube und Erna fuhr zusammen. Vermutlich hatte sie noch nie eine Leiche gesehen. Na ja, eigentlich war es ja gar keine Leiche, sondern etwas viel Schlimmeres.

* * *

Ich goss mir einen dreifachen Cognac aus der Flasche ein, die stets auf meinem Bürotisch beim Telefon neben der Schreibmaschine unweit des Aschenbechers stand und setzte das Glas an.

Außerhalb des Polizeipräsidiums regnete es nach wie vor Bindfäden.

Meine attraktive Assistentin, Polizeimeisterin Liesel Weppen, war bei mir im Büro und ging auf und ab. Und auf. Und ab.

»Also, ich verstehe das nicht, Chef«, sagte sie schließlich. »Wie kommt ein Skelett unter den Marktplatz?«

Ich zuckte mit den Schultern, an denen noch immer der nasse Trenchcoat klebte.

»Die Frage ist ja auch, zu wem es gehörte.« Ich leerte mein Glas in einem Zug. »Hoffentlich wird das Labor bald ein paar Antworten für uns haben.«

Kaum hatte ich das gesagt, klingelte das Telefon auf meinem Tisch beim Aschenbecher neben der Schreibmaschine unweit der Cognacflasche. Ich nahm den Hörer ab und meldete mich mit wer ich war und was ich beruflich machte.

»Hallo Kommissar Engelmann. Anna Lühse am Apparat«, tönte es durch die Leitung.

»Mahlzeit Frau Doktor. Was haben Sie herausbekommen?«

»Es handelt sich eindeutig um ein weibliches Skelett, Herr Kommissar.«

»Dann war es höchstwahrscheinlich eine Frau, als es noch lebte«, kombinierte ich. Anna Lühse nickte, was ich durchs Telefon natürlich nicht sehen konnte.

»Zu Blutgruppe und ehemaliger Haarfarbe der Verblichenen lässt sich leider nichts mehr sagen«, fuhr die Gerichtsmedizinerin fort. »Zwei Dinge sind allerdings recht verwunderlich.«

»Und zwar?«

»Zum einen der seltsame Geruch, den der blanke Schädel absondert und zum anderen die Tatsache, dass das Skelett einige Zeit mit Wasser in Kontakt gekommen sein muss.«

»Mit Wasser?«, staunte ich. »Was führt Sie zu dieser Annahme, liebe Anna?«

»In den Kniegelenken hatten sich Fasern von *Egeria najas* verfangen.«

»*Egeria* ... wer?«

»Im Volksmund auch *schmalblättrige Wasserpest* genannt«, erläuterte die Gerichtsmedizinerin. Mein Herz setzte einen Takt aus. »Gehen Sie davon aus, dass der Tod der Frau bereits vor einiger Zeit eingetreten ist?«

»Das genaue Jahr kann ich ad hoc nicht bestimmen, Kommissar Engelmann«, antwortete Frau Doktor Anna Lühse, »da es sich jedoch um ein Skelett handelt ...«

»Geschenkt«, lächelte ich in den Hörer. »Unendlichen Dank für Ihre Analyse, Doktor Lühse.«

»Gerne.«

Ich legte auf. Die Gerichtsmedizinerin vermutlich auch.

Meine Augen leuchteten wie die eines Kindes, dem man eine Tüte Bonbons hinhält.

Polizeimeisterin Weppen sah mich überrascht an. »Haben Sie

etwa den Fall jetzt schon aufgeklärt, Herr Kommissar?« Ich gab keine Antwort und grinste vor mich hin. Dass die Frau mittlerweile ein Skelett war, ergab durch die immense Zeitdifferenz Sinn. Und die Wasserpflanzenfasern passten ebenfalls ins Bild!

»Wieso freut es Sie denn so, dass das Skelett wahrscheinlich schon längere Zeit tot ist, Chef?« Liesels Gesichtsausdruck wurde zunehmend ratloser. »Das ist doch nur logisch, denn sonst wäre es ja gar kein Skelett ... Chef? Hören Sie mir überhaupt zu? Kommissar Engelmann? Hallo?!«

Die Worte meiner Assistentin schienen plötzlich in Watte gehüllt zu sein und davonzutreiben wie unaufhaltsame Papierbötchen auf einem Gebirgsbach.

Längst hörte ich den Regen nicht mehr, der erbarmungslos von draußen gegen die Scheiben trommelte. Ich fühlte mich in einen Sommer zurückversetzt, an einen sonnigen Tag im Juli, den ich vor vielen Jahren erlebt hatte. An den Tag, an dem das Unheil seinen Lauf genommen hatte.

* * *

Es war ein Sommer, wie ihn Kinder sich nur wünschen konnten.

Die Luft roch nach Klatschmohn und Abenteuer. Und noch dazu hatten wir Ferien.

Meine nackten Füße steckten im warmen Gras und ich hörte den Hummeln zu, wie sie von Blüte zu Blüte summten. Hans lag bäuchlings neben mir auf dem kleinen Hügel oberhalb der alten Mühle und kaute auf einem Grashalm herum.

Hans war mein bester Freund. Etwa einen Kopf größer als ich, dafür aber wenige Wochen jünger. Ich würde in drei Tagen meinen achten Geburtstag feiern.

Gemeinsam mit Hans lag ich da auf der Wiese, während die Sonne immer schwerer wurde und nach und nach vom Himmel rutschte. Bald würde sie sich über den winzigen Kirchturm des Dorfs senken und aussehen wie eine Pampelmuse, die ganz langsam aufgespießt wird.

Diese Stelle auf dem kleinen Hügel war unser Lieblingsplatz. Nicht nur, weil es keinen anderen Ort gab, von dem man dem Sonnenuntergang besser zusehen konnte. Von hier aus ließ sich auch die alte Mühle prima beobachten.

Gedankenverloren nestelte ich die verbeulte Schachtel aus meinem Brustbeutel und steckte mir eine *Overstolz* zwischen die Lippen.

Hans spuckte den Grashalm aus und setzte sich auf. »Das ist ja irre, Heinz! Gibst du mir auch eine?«

»Na klar.«

Hans' Augen glitzerten wie Diamanten. »Mensch, wo haste die denn her?«

»Hab ich meinem Papa stibitzt«, grinste ich breit.

»Ha!«

Dann pafften wir um die Wette, bliesen den Rauch in die Luft wie Fernsehkommissare und husteten. In der Werbung hieß es, dass in jeder Schachtel *Overstolz* die Sonne Mazedoniens stecken würde.

Uns reichte die Sonne, die über uns hing und immer pampelmusiger wurde. Außerdem hatten wir keine Ahnung, wo dieses Mazedonien lag.

Rauchend sahen wir hinunter zur alten Mühle. Keiner der anderen Jungen aus dem Dorf traute sich in ihre Nähe. Und die Mädchen erst recht nicht. Man erzählte sich wahre Schauergeschichten über die schrecklichen Dinge, die angeblich in der abgelegenen Mühle geschahen, aber natürlich alle nicht stimmten.

Schreie wollten einige Dorfbewohner gehört haben und jemand hatte mal behauptet, er hätte ein Gespenst hinter den Fenstern herumhuschen gesehen.

Im Mittelalter sollte sogar mal eine Hexe in der alten Mühle gehaust haben.

Fest stand aber, dass Werner Müller, der dort mit seiner Frau Margot wohnte, ein ungehobelter Klotz war. Herr Müller war um die sechzig und immer schlecht gelaunt. Er verscheuchte alle, die auch nur in die Nähe seiner Mühle kamen.

Den meisten Leuten, auch meinen Eltern, war Werner Müller nicht geheuer. Seine Frau Margot hingegen war sehr nett. Eine sehr hübsche Person und noch dazu eine berühmte Revuesängerin!

Margot Müller trug tolle, lange Kleider und trat in Unterhaltungslokalen auf der ganzen Welt auf. Sie sang sogar im Radio.

Welches Geheimnis die alte Mühle auch in sich bergen mochte, hier auf unserer Wiese, in sicherer Entfernung, konnte sie uns nichts anhaben.

Die letzten matten Tönungen der Sonne waren jetzt verschwunden und die ersten Grillen begannen zu zirpen.

Das Rauschen des Bachs, der hinter der Mühle entlang zum Dorf floss, drang zu uns herauf. Und dann hörten wir eine Tür schlagen und sahen Werner Müller aus der Mühle kommen.

»Kopf runter!«, zischte ich. »Es ist besser, wenn er uns nicht sieht.«

Hans und ich legten uns ganz flach ins Gras und ließen unsere Blicke keine Sekunde von den Geschehnissen, die sich am Fuß des Hügels abspielten.

Müller stieg hastig in seinen petrolfarbenen Horch 670, der neben der Mühle geparkt war. Er schmiss den Motor an, ließ alle zwölf Zylinder aufheulen und brauste davon.

Langsam hoben wir die Köpfe.

»Komm!« Ich sprang auf und schlüpfte in meine Sandalen.

Hans riss die Augen weit auf.

»Du ... du willst zur Mühle?«, fragte er mit bibbernder Stimme.

»Klar«, sagte ich und lief voraus. »Ich will wissen, warum er Hals über Kopf abgehauen ist!«

Wir rannten den Hügel hinab und überquerten die schmale Straße, die die Wiese von der Mühle trennte. Dann schlichen Hans und ich um das Haus herum. Obwohl die einsetzende Dämmerung die Luft abgekühlt hatte, glühten unsere Wangen. Das große Mühlrad hing über dem gluckernden Bach und stand still. Plötzlich stieß mich mein Freund in die Seite. »Heinz!« Mit aufgerissenen Augen deutete er auf etwas, das im Wasser schimmerte: eine rote Federboa, die sich an einem Stein verfangen hatte. Die Strömung ließ sie flattern wie einen Zitteraal.

»Dieses Ding gehört Frau Müller«, kombinierte ich wie ein echter Detektiv. »Ich habe sie damit auf Konzertplakaten gesehen.«

»Und schau mal da!«, rief Hans und lief ein paar Schritte am Bach entlang. Im Dämmerlicht konnte ich erkennen, wie mein Freund Margot Müllers Paillettenkleid aus dem Wasser fischte.

»Oh Gott!«, stieß Hans hervor und ließ den glitzernden Stoff fallen. »An dem Kleid ... ist Blut!«

»Blut?!«

Meine Knie wurden butterweich und schwankend hockte ich mich ans Ufer. Was war hier nur geschehen? Wir hatten den ganzen Tag oben auf der Wiese verbracht und die Mühle nicht aus den Augen gelassen. Und doch schien etwas Grausiges passiert zu sein!

Mit bebenden Fingern holte ich den kleinen Flachmann aus meinem Brustbeutel, denn ich brauchte jetzt erst mal einen Cognac.

»Das ist ja irre, Heinz! Gibst du mir auch einen Schluck?«

Ich ließ das famose Feuerwasser in meine Kehle laufen und reichte Hans dann den Flachmann. Hans' Augen glommen in der Dämmerung wie die Schlussleuchte eines Güterzugs.

Dann trank auch er. »Potzblitz, *Rémy Martin*! Wo haste denn den her?«

»Von meiner Mama stibitzt«, sagte ich und versuchte ein Lächeln, das aber misslang, weil sich mir ein mulmiges Gefühl in die Knochen schlich. Sollten sich hier an der alten Mühle tatsächlich gruselige Dinge zutragen?

Hans erschrak und spuckte ein Schlückchen Cognac aus, als ich aufsprang und zur Vorderseite der Mühle rannte.

Dann rüttelte ich an der schweren Holztür. Sie war verschlossen, also schlug ich mit den Handflächen dagegen. »Frau Müller! Sind

Sie zu Hause?«, schrie ich und pochte wieder mit aller Kraft gegen die massive Tür. »Frau Müller, bitte machen Sie auf!«

Inzwischen stand Hans neben mir. »Und?«

»Nichts«, keuchte ich und rieb mir die brennenden Hände. »Ich hab kein gutes Gefühl bei der Sache, Hans. Was, wenn das Glitzerkleid und die Federboa im Bach liegen, weil …« Mein Magen zog sich zusammen und ich konnte nicht weitersprechen.

»Weil Frau Müller ins Wasser gestürzt und von der Strömung davongerissen worden ist«, führte Hans meinen Satz zu Ende. »Oder …«, flüsterte er weiter, »oder sie wurde *gestoßen*!«

Dieser schauderhafte Gedanke war mir auch schon gekommen, ich hatte mich nur nicht getraut, ihn auszusprechen. »Mach mal Räuberleiter«, zischte ich aufgeregt. »Ich will versuchen, in eins der Fenster …«

Plötzlich bohrte sich das Dröhnen eines Automotors durch die Stille. »Horch, der Horch«, stieß Hans heiser hervor. »Der … der Müller kommt zurück!«

Wie von der Tarantel gestochen schlugen wir uns neben der alten Mühle in die Büsche.

»Wir müssen zur Polizei«, zischte ich Hans ins Ohr und sah im selben Augenblick, wie Herr Müllers Horch direkt auf uns zurollte. Wir hockten wie versteinert im Gestrüpp und hielten den Atem an, als der petrolfarbene Horch an uns vorbeisauste und Werner Müller seine Mühle neben der Mühle parkte.

Kurz darauf schloss er sichtlich zufrieden die schwere Holztür auf und verschwand im Haus.

Der fast volle Mond beschien die Landstraße und zahlreiche Sterne hatten sich zum rabenschwarzen Himmelszelt gesellt, während wir die vier Kilometer Fußmarsch zum Dorf in Windeseile zurücklegten. Hiesig war nicht nur ein verschlafenes Kaff, das vor sich hin träumte, es lag regelrecht im Koma.

Nun standen Hans und ich vor dem Polizeipräsidium und mir fiel ein Stein vom Herzen, da im ersten Stock noch Licht brannte.

Just als wir die Treppen zum Eingang hinaufspringen wollten, kam uns eine brünette Frau entgegen. Ich erkannte sie sofort. Es war Lotte Osnabrück, die attraktive Assistentin von Kommissar Günther Neutze, dem Leiter der hiesigen Mordkommission.

»Hallo Jungs«, lächelte sie.

»Guten Abend, Frau Osnabrück«, japste ich. »Hat der Herr Kommissar noch Dienst?«

»Oh ja«, entgegnete die Polizeimeisterin freundlich. »Er ist oben in seinem Büro.«

»Danke!«, riefen Hans und ich wie aus einem Mund und rannten ins Präsidium. Im ersten Stockwerk angelangt, bollerten wir an die Tür der Mordkommission.

»Herein!«

Kommissar Günther Neutze saß an seinem Schreibtisch. Er war ein Mann von etwa fünfzig Jahren und trug einen knittrigen Trenchcoat sowie einen Hut auf dem Kopf.

»Wir sind gekommen, um Ihnen etwas Schlimmes zu melden!«

»Also Jungs«, brummte der Kommissar, »dann fangen wir mal ganz vorne an. Falls es nicht bekannt ist, ich bin Kommissar Günther Neutze und Leiter der hiesigen Mordkommission.«

Offenbar hatte Kommissar Neutze seinen Dienstausweis verschludert, denn was er uns entgegenhielt, war sein Führerschein. »Und wenn mich nicht alles täuscht, dann seid ihr Heinz und Hans.«

Wir nickten. Neutze sah uns eindringlich an. »Müsst ihr nicht längst im Bettchen sein? Ihr beide seid doch gerade mal sechs oder sieben.«

»Ich werde in drei Tagen schon acht«, erklärte ich wahrheitsgemäß.

»Alle Achtung«, nickte der Kommissar. »Und wieso stinkt ihr nach Schnaps und Zigaretten?«

Zu blöd, aber in der ganzen Aufregung hatte ich völlig vergessen, mir ein Pfefferminzbonbon zwischen die Kiemen zu schieben. »Das ist doch jetzt nicht wichtig, Herr Kommissar«, lenkte ich ab. »Es ist nämlich was mit Frau Müller, der bekannten Revuesängerin, die in der alten Mühle wohnt. Die ist wahrscheinlich ermordet worden und den Bach runtergegangen!«

Anstatt geschockt dreinzublicken, fummelte Kommissar Neutze ganz gelassen eine *Roth-Händle* aus seiner Manteltasche. »Ich kann euch beruhigen, Jungs«, grinste er und gab sich Feuer. »Margot Müller ist nicht tot, geschweige denn ermordet, sie wird lediglich vermisst.«

Lässig nahm der Kripobeamte nun einen Schluck Kirschwasser aus der Flasche, die neben der Schreibmaschine beim Telefon am Aschenbecher auf seinem Schreibtisch stand. »Wie kommt ihr Hobbydetektive darauf, dass Frau Müller ermordet wurde? Ihr Mann war vorhin bei mir und hat seine Frau als vermisst gemeldet. Die Mühle hat ja keinen Telefonanschluss. Nachdem Herr Müller den ganzen Tag unterwegs war, fehlte von Margot jede Spur, als er nach Haus kam. Er meinte, es könne Ärger geben, da seine Frau morgen ein ausverkauftes Konzert in der DDR geben soll. In Leipzig.«

Mein Blutdruck schlug Alarm. »Herr Müller hat Ihnen erzählt, dass er heute nicht zu Hause war? Wo will er denn angeblich gewesen sein?«

»Er war geschäftlich in Frankfurt am Main.«

Hans und ich wussten genau, dass das gelogen war. Sozusagen ein Frankfurt-am-Main-Eid.

Der Kommissar nahm noch einen tiefen Zug von seiner *Roth-Händle.* »Die Margot wird vermisst und damit basta. Ich muss es ja wissen, Jungs, ich habe schließlich gerade eben das Protokoll getippt.«

»Aber wir haben Frau Müllers Glitzerkleid und auch ihre rote Federboa hinter der Mühle im Bach gefunden«, beteuerte ich.

»Und das Kleid war voller Blut!«, ergänzte Hans.

Der Kommissar schüttelte den Kopf und drückte seine Kippe im Aschenbecher aus. »Das ist doch wirklich ein Unding! Ihr solltet doch wissen, dass ihr Lausejungs auf anderer Leute Grund und

Boden nichts verloren habt«, maulte Neutze. »Und jetzt macht euch vom Acker und geht wacker in die Heia!«

Niedergeschlagen und bis auf die Knochen gedemütigt trat ich wenig später mit Hans in die Sommernacht hinaus, die sich rund um das hiesige Polizeipräsidium ausgebreitet hatte.

Der Mond über uns war Zeuge, als wir uns fest in die Augen sahen und beide wussten, dass wir für alle Zeit die besten Freunde bleiben würden.

Dann trotteten Hans und ich nach Hause und insgeheim schwor ich mir in dieser Nacht, eines Tages Kriminalkommissar Heinz Engelmann zu werden und den Fall »Margot Müller« aufzuklären.

* * *

Noch immer peitschte Regen gegen die Fenster meines Büros.

»Tja, liebe Liesel«, schloss ich meine Erzählung, »das alles ist jetzt ganze achtunddreißig Sommer her.«

Polizeimeisterin Weppen schluckte. »Ungeheuerlich, Chef! Und der Fall wurde nie aufgeklärt?« Ich schob meinen noch immer feuchten Hut zurecht. »Nein, verflixt noch mal!«, rief ich und merkte, wie mich die Wut packte. »Kommissar Neutze ging ein paar Jahre später in Rente und das war's. Akte zu, Affe tot.«

Mein Herz raste, und ich musste mir jetzt wirklich dringend den einen oder anderen Cognac ins Gesicht stellen. »Ich glaube aber nach wie vor, dass der Lump seine Frau damals umgebracht hat!«, knurrte ich zerknirscht und schüttete mein Büroglas randvoll.

»Demnach ist Margot Müller nie wieder aufgetaucht?«

»All die Jahre nicht, liebe Liesel«, sagte ich und nahm einen großen Schluck. »Bis heute!«

Polizeimeisterin Weppen stutze. »Aber Kommissar Engelmann, Sie meinen …« Ihr hübscher Mund blieb einfach offen stehen.

»Was glauben Sie, Liesel, warum ich Ihnen die ganze Klamotte erzählt habe? Bei dem Skelett, auf das der Baggerfahrer heute gestoßen ist, handelt es sich hundertprozentig um die Überreste von Margot Müller.«

»Aber ... wenn das stimmt, Chef, wie soll denn dann Frau Müllers Leiche unter den Marktplatz gekommen sein?«, fragte Liesel prompt. »Laut Ihrer These ist sie doch in den Bach gestoßen worden. Und der fließt meilenweit am Marktplatz vorbei!«

»Mittlerweile ja«, entgegnete ich und leerte mein Glas. »Aber bis vor einigen Jahren plätscherte der Dingensbach noch quer durch Hiesig und ganz besonders auch dort entlang, wo heutzutage der Marktplatz ist.«

»Ach was!« , staunte meine Assistentin. »Der Markt war nicht schon immer da?!«

»Nein, Liesel, der Marktplatz entstand erst im Rahmen der großen Einbetonierung von ´67. Bei der Gelegenheit wurde dann auch der Bach umgeleitet.«

»Verstehe, Chef«, nickte meine attraktive Assistentin, denn mittlerweile ahnte sie, worauf meine Überlegungen hinausliefen. »Und jetzt wollen Sie den Fall Margot Müller wieder aufrollen.«

Statt eines Jas knallte ich mein leeres Glas auf den Schreibtisch.

»Existieren denn die Akten von damals noch, Herr Kommissar?«

»Die müssten da hinten im Schrank sein«, mutmaßte ich. »Wir befinden uns ja in Kommissar Neutzes ehemaligem Büro.«

Liesel zog die Lamellen hoch und störte dabei vermutlich ganze Holzwurmvölker beim Knabbern. »Und Sie sagen, Frau Müller war wirklich eine bekannte Sängerin?«, fragte Liesel, während sie den fingerdicken Staub von den Aktenordnern blies.

»Oh ja. Und eine gute noch dazu.«

Kurzerhand setzte ich mich an das alte, verstimmte Klavier, das neben dem Garderobenständer gegenüber vom Lamellenschrank in der Ecke stand und haute spontan einen von Margots Schlagern in die Tasten.

Komm mit mir zum Lago Amore -
zeig mir, wie heiß das Feuer in dir brennt.
Komm mit mir zum Lago Amore, Seniore,
den man nicht umsonst den See der Liebe nennt.
Küss mich in der warmen Bucht der Sehnsucht,
durch die mein Herz für immer barfuß rennt.
Komm mit mir zum Lago Amore -
zeig mir, wie heiß das Feuer in dir brennt.

»Klasse, die alten Müllermelodien, was?«

»Wow, Chef, wenn Sie loslegen, kann Mireille Mathieu ja einpacken!«, staunte Fräulein Weppen und klopfte sich den Aktenordnerstaub aus der blonden Haarpracht. »Aber sagen Sie, Kommissar Engelmann, was wurde denn eigentlich aus Ihrem Freund Hans?«

Ich klappte das Klavier zu und starrte zu Boden. »Um ehrlich zu sein, Liesel, ich weiß es nicht. Nach Margots Verschwinden gingen wir nicht mehr zu unserem Lieblingsplatz auf dem Hügel. Wir hatten Angst, der Müller würde uns entdecken und fertigmachen. Hans und ich haben uns aus den Augen verloren und dann, eines Tages, ist er mit seinen Eltern weggezogen.«

Für eine gefühlte Ewigkeit schaute Liesel mich traurig an, dann fischte sie einen Ordner mit der Aufschrift *Mi-Mü* aus dem Schrank und blätterte darin. »Sagen Sie, Chef«, begann meine Assistentin nach einer Weile und sah auf. »Steht die alte Mühle eigentlich noch?«

»Ich glaube schon. Nur, dass sie jetzt noch älter ist,« brummte ich nachdenklich. »Warum fragen Sie, Liesel?«

Meine attraktive Assistentin mit dem staubigen Haar schob den Aktenordner in den Schrank zurück und setzte ein keckes Lächeln auf. »Nun, Kommissar Engelmann, wenn ein Baggerfahrer eine achtunddreißig Jahre lang vermisst geglaubte Leiche entdecken kann, dann können wir doch bestimmt auch die eine oder andere Spur bei Müllers Mühle finden, oder?«

* * *

Die Regenwolken hatten sich verzogen. Stattdessen tanzte jetzt eine blasse Nachmittagssonne durch die Baumwipfel, während ich den rosaroten Panda auf der schmalen Straße am Dingensbach entlang lenkte.

Eine Woge aus Sentimentalität schwappte durch meine Pumpe, als ich mein Auto neben der alten Mühle zum Stehen brachte – genau an der Stelle, wo Werner Müller damals stets den petrolfarbenen Horch geparkt hatte.

Liesel und ich stiegen aus dem Panda, von irgendwo war leise das Tuckern eines Traktors zu hören.

Die Mühle döste im Schatten der Bäume. Oder vielmehr das, was von ihr übrig geblieben war. Im Laufe der Jahre hatte sich die Natur dieses Fleckchen Erde mit wehenden Fahnen zurückerobert.

Liesel folgte mir zur Rückseite des Gebäudes. Die Büsche, in denen Hans und ich uns damals vor Herrn Müller versteckt hatten, ragten nun bis zum ersten Stock empor. Fast alle Fensterscheiben waren zersplittert und zahlreiche Dachziegel waren heruntergestürzt. Zum Bach hin war alles von Brombeersträuchern und Unkraut überwuchert, was ein Durchkommen beinahe unmöglich machte. Das Mühlrad war nur noch zu erahnen, die morschen Holzschaufeln waren fast alle weggefault und abgefallen. Nur das Rauschen und Gluckern des Bachs schien nach all der Zeit unverändert.

»Dort vorne haben Sie und Hans damals Margots Kleid und die Federboa entdeckt?«, fragte Liesel und rückte ihre Schirmmütze gerade.

»Genau. Ich glaube allerdings nicht, dass wir noch irgendwelche Spuren finden. Das ist ja der reinste Brombeerdschungel hier.«

»Vielleicht sollten wir dann mal im Haus nach...«, begann Polizeimeisterin Weppen, hielt dann aber mitten im Satz inne. »Haben Sie das auch gehört, Chef?«

»Was denn?«

»Ein dumpfes Geräusch. Es kam aus dem Inneren der Mühle!«

»Vermutlich Ratten«, schlussfolgerte ich achselzuckend und steckte mir eine *Overstolz* an. »Aber Sie haben recht, Liesel, wir sollten uns im Haus umsehen.«

Nachdem wir uns durch die Wildnis zur Vorderseite der Mühle geschlagen hatten, standen wir vor der morschen Holztür. Als ich den Knauf drehte, um sie zu öffnen, fiel er sofort ab. Die Tür gab nach und der Geruch von Moder und Fäulnis drang mir in die Nasenflügel.

»Herr Kommissar, haben Sie was dagegen, wenn ich nicht mitkomme? Dieser Ort ist mir nicht ganz geheuer.«

»Schon gut, Liesel«, nickte ich und betrat das alte Gemäuer. Bei jedem meiner Schritte knirschten die glitschigen Dielenböden gefährlich und klangen wie das Gähnen von greisen Gespenstern. Ich hoffte inständig, das Holz würde nicht nachgeben.

Ein beklemmendes Gefühl stieg in mir auf, als ich mich umsah.

Die Treppe, die in den ersten Stock hinaufführte, war voller Moos, das Geländer nur noch zu erahnen.

Mein Atem stockte, als ich ein dumpfes Pochen hörte. Die *Overstolz* glitt mir aus den Fingern und erlosch zischend in einer Pfütze. *Das war definitiv keine Ratte gewesen*, dachte ich und meine Knie wurden weich – genau wie vor achtunddreißig Jahren, als Hans und ich am Bach den schauerlichen Fund gemacht hatten.

Flott drehte ich mich auf dem Absatz um und glaubte für einen kurzen Moment, auf der Treppe etwas aufblitzen zu sehen. Doch ich achtete nicht weiter darauf, ich war viel mehr damit beschäftigt, schnell ins Freie zu kommen. Dann blinzelte ich zu dem Hügel gegenüber der Mühle empor.

Unsere Wiese! Ich tat einen Seufzer, der sich gewaschen hatte und bemerkte den Traktor erst, als er neben uns zum Stehen kam.

Auf dem Bock saß Jochen Bauer. Der hiesige Bauer bestellte trotz seiner stolzen zweiundsiebzig Jahre fleißig mehrere Felder und Streuobstwiesen in der Umgebung. Außerdem stand er fünf Tage die Woche in seinem Obst- und Gemüsegeschäft, das sich zwei Häuser neben dem Woll- und Häkellädchen von Erna Fadenstrick und schräg gegenüber des Restaurants *Lotus King* am hiesigen Marktplatz befand.

»Hallo, Kommissar Engelmann!«, krächzte Bauer freundlich. Seine Zahnlücke funkelte in der Nachmittagssonne. »Dachte mir schon, dass Sie und Ihre Assistentin auch an der alten Mühle ermitteln, jetzt, wo die Leiche von der Margot doch noch aufgetaucht ist.«

»Na klar, Herr Bauer! Und endlich bestätigt sich, was ich vermute, seit ich sieben war!«, antwortete ich und wurde stutzig. »Aber woher wissen Sie überhaupt davon?«

»In einem Kaff wie Hiesig spricht sich alles ruckzuck herum, Herr Kommissar«, erklärte Jochen Bauer. »Und ich hoffe, dass ihr beiden die Sache aufklärt. Die Margot war so eine faszinierende Frau. Ich hab heute noch alle ihre Schallplatten.« Bauer hielt kurz inne, als müsste er uralte Tränen runterschlucken. »Auch die ausländischen Pressungen. Dolle Raritäten sind darunter. Kennt ihr zum Beispiel Margots großen französischen Erfolg *Je nais parfait ce soir*?«

Liesel und ich schüttelten die Köpfe.

»Nicht? Na, dann haltet euch fest!«

Und dann begann Jochen zu singen und der Trecker ruckerte im Takt.

Je nais parfait ce soir
Je nais parfait ce soir
Oh, mon cœur
Je nais parfait ce soir!

Je nais parfait ce soir

Je nais parfait ce soir
Oh, avec liqueur et beurre
Je nais parfait ce soir!

Je nais parfait ce soir
Je nais parfait ce soir
Oh, et petit chien noir
Je nais parfait ce soir
Ram-pam-pa!

Liesel und ich waren schwer beeindruckt von Jochen Bauers einfühlsamer Darbietung und klatschten Beifall. Meine attraktive Assistentin überlegte sogar kurz, so wollte es mir scheinen, ihren Büstenhalter Richtung Traktor zu werfen, tat es dann aber doch nicht. Sie war ja im Dienst.

»Sagen Sie, Monsieur«, nahm ich schnell und mit ernster Miene die Ermittlungen wieder auf, »wie lange steht denn die Mühle eigentlich schon leer?«

»Hmm«, überlegte Jochen, »da müssen Sie schon den Werner Müller selber fragen.«

»Wie bitte?« Ich glaubte, meine Kinnlade würde bis auf die Straße runterklappen. »Der lebt noch?!«

»Aber sicher doch, Herr Kommissar!«

»Aber Herr Müller war doch damals schon … alt«, hakte Liesel ungläubig nach.

»Jetzt ist er so um die hundert«, krächzte der zahnbelückte Bauer vom Bock seines Traktors. »Werner wohnt im Dingenskirchener Altersheim, Zimmer 23, zweiter Stock!«

»Prima!«, rief ich, weil mir echt nichts Besseres einfiel.

»Also dann Petri Heil, angeln Sie sich den Ganoven!«, rief Jochen Bauer. »Und hoffentlich kann Ihnen der alte Haudegen bei den Ermittlungen behilflich sein!«

Und ehe Liesel und ich uns versahen, tuckerte Jochen Bauer auf seinem Traktor davon.

* * *

Das Altersheim war einer jener typischen Nachkriegskästen. Quadratisch, praktisch, gut.

Ich war ohne Liesel Weppen nach Dingenskirchen gefahren und hatte meine Assistentin gebeten, im Polizeipräsidium die Stellung zu halten. Das hier musste ich alleine erledigen.

Die Flure der Seniorenresidenz waren bis auf ein paar vollgestaubte Plastikpalmen blank geputzt und stanken nach Desinfektionsmittel. Ein Fahrstuhl brachte mich in den zweiten Stock. Zimmer Nummer 23 lag ganz am Ende des Korridors.

Entschlossen, mit Werner Müller kurzen Prozess zu machen, trat ich die Tür aus den Angeln.

Der Greis hockte zusammengesunken auf seiner Bettkante und glotzte den PVC-Boden unfreundlich an. Die Falten, die sich während der letzten achtunddreißig Jahre in seinem eingefallenen Gesicht angesammelt hatten, konnten locker als Regenrinnen durchgehen. Hier kamen alle *Merz-Spezial-Dragees* dieser Welt zu spät.

Wie dem auch sei, während Werner Müller reglos wie ein Playmobilmännchen auf den grauen Boden starrte, sah ich mich staunend in seinem Zimmer um. Die Wände waren bis unter die Decke mit Margots Konzertplakaten beklebt: Margot Müller in New York, Paris und Tokio. Margot Müller in Wladiwostok, Wien und Woodstock. Und auf fast allen Postern trug sie ihr Glitzerkleid und die rote Federboa – so wie ich es in Erinnerung hatte.

Über Werners Nachttisch prangte zudem ein ganz besonderes Kleinod an der Wand: Die gerahmte goldene Schallplatte für *Je nais parfait ce soir*! Einerseits war ich völlig von den Socken, andererseits verstand ich das nicht. Wieso brachte dieser Kerl erst seine Frau um … und kleisterte dann sein Zimmer mit ihrem Andenken zu?

Noch immer schien sich Werner Müller meiner Gegenwart nicht bewusst zu sein. Jedoch hatte ich jetzt die Faxen dicke und zog meine Dienstwaffe aus dem Trenchcoat. »Hände hoch!«, schrie ich aus vollem Hals, doch der Mann zeigte nach wie vor keine Reaktion. Ich überlegte, ob er inzwischen taub war wie eine Fledermaus.

»Fledermäuse sind *blind*, du Lausejunge!«, blaffte Müller – plötzlich zum Leben erwacht – und knirschte mit den dritten Zähnen. Offenbar hörte er nicht nur einwandfrei, er wusste anscheinend auch genau, was ich dachte. »Du Nichtsnutz kannst also die alten Geschichten partout nicht ruhen lassen, was?«

»Nein, das kann ich nicht, Herr Müller! Man hat nämlich unter dem hiesigen Marktplatz die alten Knochen Ihrer Frau gefunden. Also gestehen Sie endlich!« Ich wedelte jetzt wild mit meiner *Mauser PPK*. »Raus mit der Sprache! Sie kriegen zwar lebenslänglich für den Mist, den Sie gebaut haben, aber in Ihrem Fall dürften das ja nicht mehr als ein, zwei Jahre werden.«

Der uralte Werner Müller holte tief Luft. »Damit du Ruhe gibst, sollst du die Wahrheit erfahren, verflixter Bengel.«

»Ich höre.«

»Ich habe meine Frau nicht umgebracht. Ich kann es gar nicht getan haben.«

»Ach nee?«

»Nein, Heinz! Weil ich nie eine Frau hatte!«, fauchte der Alte. »Ich selbst war Margot Müller!«

»Sie ... Sie selbst?!«

»Da staunst du, was?«, griente mich Müller herausfordernd an. »Tagsüber habe ich Schrot und Korn in der Mühle gemahlen, und abends bin ich in Glitzerkleid und Federboa geschlüpft, habe reichlich Schminke aufgelegt und bin durch die Revuelokale und Konzertsäle getingelt. Nur so konnte ich mein zweites Ich ausleben, denn damals war die Welt noch nicht reif für einen singenden Müller in Frauenklamotten.«

Langsam ließ ich die Dienstwaffe sinken und versuchte, meine Gedanken zu sortieren. »Also erfanden Sie Margot, die trällernde

Ehefrau und konnten einerseits der bodenständige, unfreundliche Müller bleiben, andererseits aber auch der glamouröse Weltstar sein, der rund um den Globus verehrt wurde.«

»Meine Lieder schlugen überall ein wie Granaten«, erzählte mein Gegenüber weiter. »Bis eines Tages mein Vater und meine Mutter, die gleichzeitig meine Schwiegereltern waren, dahinterkamen und drohten, mich zu enterben.«

»Aah. Und das wollten Sie natürlich nicht riskieren. Folglich haben Sie die Bühnenkleidung in den Bach geworfen, Ihre Frau als vermisst gemeldet, sich eine Geschäftsreise nach Frankfurt ausgedacht und Ihr Doppelleben aufgegeben.«

»Allerdings«, stimmte Müller zu. »Und so wurde ein für alle Mal aus Margot ... Werner.«

Für einige Augenblicke breitete sich eine unheilschwangere Stille in dem plakatierten Altersheimzimmer aus. Ich bemühte mich, meine Gedanken auf die Reihe zu bekommen.

»Und wie kamen die roten Flecken an Margots Kleid«, fragte ich nach einer Weile.

»Manchmal ist mein verfluchtes Nasenbluten auch zu etwas Nütze«, antwortete der Müller lapidar.

Mir wurde bewusst, dass ich nicht nur diesen Mordfall nicht aufgeklärt hatte, sondern auch, dass es gar keinen Mord gab. Noch nicht einmal das Opfer existierte! Demnach war ich also ganz umsonst Kriminalbeamter geworden.

Oder doch nicht?

Eine Sache wurmte mich jedenfalls weiterhin: Wessen Skelett war unter dem Marktplatz aufgetaucht?

* * *

Auf der Rückfahrt von Dingenskirchen hatte ich meine attraktive Assistentin aus der gelben Telefonzelle am Straßenrand angerufen und mich mit ihr im *Lotus King* verabredet, um über die niederschmetternden Ereignisse zu sprechen.

Außerdem musste ich dringend etwas futtern. Und da ich eh am hiesigen Marktplatz vorbei musste, um dem Baumeister zu sagen, er könne wieder aus seinem Bagger kommen, lag das Restaurant von Ching Chang Chong natürlich nahe.

Liesel bestellte Nummer 44 und ich die Nummer 16. Feng Shui mit Reis und scharfer Soße.

Wir saßen in einer der Nischen, umgeben von allerlei exotischem Schnickschnack. Natürlich gab es auch an jedem Kopfende ein großes Aquarium, das vor sich hin gluckerte, während wir die dampfenden Speisen in uns reinschaufelten. Meine attraktive Assistentin konnte nicht glauben, welche Anekdoten ich aus dem Altersheim mitgebracht hatte.

»Ah, Herr Kommissar. Gut, dass ich Sie hier finde!« Schon zog sich Frau Doktor Anna Lühse einen Stuhl heran und setzte sich zu uns. »Was halten Sie denn hiervon?«, kam die Gerichtsmedizinerin ohne Umschweife zum Thema und drapierte einen eigenartigen Gegenstand zwischen unseren Tellern.

»Tut mir leid, liebe Frau Doktor«, sagte ich und schüttelte den Kopf, »ich kenne mich mit diesem neumodischen Kram nicht aus.«

»Aber Chef«, warf Liesel ein. »Das ist doch eine Digitaluhr.«

»Bingo«, bestätigte die aparte Gerichtsmedizinerin. »Die rutschte doch tatsächlich vorhin vom linken Handgelenk des Skeletts, als ich es gerade entsorgen wollte!«

»Hätten wir früher von der modernen Uhr gewusst, werte Anna, dann wäre klar gewesen, dass die Leiche keine achtunddreißig Jahre alt sein kann. Solche Zeitreisen waren zu meiner Kindheit technisch undenkbar«, grummelte ich und rollte dabei so sehr mit den Augen, dass mein Blick unweigerlich auf das große Aquarium hinter Liesel fiel.

Sollte ich diesen Fall doch noch bravourös aufklären können? Mein gewiefter Blick wanderte wie ein Suchscheinwerfer durch das Schnellrestaurant. »Sagt mal, Mädels, fällt euch was auf?« Ich konnte mir ein Grinsen nicht verkneifen. »In allen Aquarien sind glotzende Goldfische, nur in dem hinter Liesels Rücken paddeln ganz andere Viecher!«

Die Damen starrten erstaunt in besagtes Becken, die Fische starrten zurück.

»Und das, was sich bei der Schatztruhe neben dem Spielzeugwrack im Grünzeug verfangen hat, gehört ganz bestimmt nicht dahin.«

Kurzerhand griff ich in das große Fischbecken und angelte das gewisse Etwas heraus.

Liesel machte große Augen. »Aber das ist ja … «

»Ekelhaft!«, rief Anna Lühse dazwischen und verzog das Gesicht. Dann packte sie meinen nassen Arm und schnüffelte daran. »Genau so unangenehm hat der Schädel des Skeletts aus dem Hals gemüffelt, als ich ihn pathologisiert habe!«

»Tatsächlich?«, fragte ich, leckte neugierig meinen Arm ab und ein Lächeln huschte über meine pikanten Lippen, an denen noch immer etwas scharfe Feng-Shui-Soße klebte. »Und Sie, liebe Anna«, fuhr ich fort, »Sie erzählten mir doch heute Mittag am Telefon, dass das Skelett mit Wasser in Kontakt gekommen sein muss!«

»Engelmann!«, entfuhr es der Frau Doktor. »Sie könnten auf der richtigen Spur sein!« Die Gerichtsmedizinerin starrte die Fische in dem großen Aquarium an, als wolle sie sie hypnotisieren.

»Hatte schmeckt alle zusammen?«, fragte Ching Chang Chong, der plötzlich neben unserem Tisch aufgetaucht war.

»Oh ja, sehr lecker«, lächelte Liesel.

»Möchte die Hellschaften als Desselt noch gebackana Banana?«

Als ich Herrn Chongs Atem roch, wurde mir schlagartig klar, wonach mein Arm schmeckte. Also konterte ich mit einer Gegenfrage: »Wo waren Sie gestern?«

»Gesteln Luhetag, Hell Kommissal. *Lotus King* geschlossen.«

»Aha«, brummte ich, »und wieso stinken Sie nach Pflaumenschnaps?«

»Den tlinke ich ständig, Hell Kommissal«, stammelte er.

»Und die Fische in dem Aquarium etwa auch?« Ich deutete auf das Becken hinter Liesel. Anstatt meinem Fingerzeig zu folgen, wandte sich Ching Chang Chong an Frau Doktor Lühse und meine attraktive Assistentin. »Möchte die Dame vielleicht gebackana Banana?«

»Lenken Sie nicht ab!«, pflaumte ich. »Sagen Sie mir lieber, wer Sabrina Losheim ist?«

»Kenne keine Sablina.«

»Und was ist *das* hier?«, schnaubte ich und warf das Ding auf den Tisch, das ich vorhin aus dem Aquarium gefischt hatte. Vor Schreck wurden Chings Augen so rund wie es ging. Er starrte auf den Namensschildanstecker, auf dem das Emblem der Firma *Matratzen Comfort* prangte und der ohne Zweifel einer gewissen Sabrina Losheim gehörte.

»Die müssen Sie kennen«, machte ich dem Restaurantbesitzer unmissverständlich klar. »Die Frau war nämlich hier bei Ihnen im Aquarium!«

»Ich kann mil nicht alle Gäste melken«, japste der Chinese. Das Schlitzohr wollte einfach gehen, also packte ich Chong an seinem schmalen, schwarzen Krawattchen und zog ihn daran auf die Tischplatte. Klong!

»Und jetzt raus mit der Sprache, Freundchen!«

»Nun … gut«, gluckste Ching Chang Chong jetzt wie ein Goldfisch auf Landurlaub. »Diese Sablina Losheim ist Geschäftsfühlelin von *Matlatzen Comfolt* in Eulopa. Sie kam gesteln nach Hiesig, um sich ein Bild zu machen von Baualbeiten von zukünftigel Filiale. Doch solch eine Laden ist del Tod fül die kleine Geschäfte hiel am Malktplatz. Also habe wil die Flau Losheim dann gesteln Abend hielhin auf viel Pflaumeschnaps eingeladen.«

»Wer ist ›wil‹?«, hakte jetzt meine attraktive Assistentin nach.

»Das ist doch logisch, liebe Liesel«, erklärte ich, »Dieser saubere Herr hier, Erna Fadenstrick und Jochen Bauer.«

Ching Chang Chong nickte niedergeschlagen auf der Tischplatte. Kling, klang, klong.

»Die drei Geschäftsleute, die ihre Läden am Marktplatz betreiben, machten gemeinsame Sache«, kombinierte ich weiter. »Sie haben die Geschäftsführerin mit Schnaps abgefüllt, blutig geschlagen und sie dann hier in dieses Fischbecken gedrückt. Da sind nämlich *Piranhas* drin!«

Frau Doktor Anna Lühse bekam große Augen. »Ach, und dann haben die Tierchen die arme Sabrina bis auf die Knochen blank genagt?«

Erneut schabte Ching Chang Chongs Schallplattenfrisur bejahend auf dem Tischtuch hin und her.

»Und nachdem der Baggerfahrer gestern angefangen hatte, ein Loch auf dem Platz zu graben, war der teuflische Plan perfekt«, schlussfolgerte Liesel.

»Lichtig«, keuchte Herr Chong resignierend. »Elna, Jochen und ich wussten ja, dass del Dingensbach hiel mal hel floss und del Hell Kommissal seit einel Ewigkeit den Fall Malgot Müllel aufklälen will.«

Ich ließ Ching Chang Chongs Krawatte los und sah dabei zu, wie der Chinese durch das halbe Restaurant flog.

»Abfühlen!«

»Jawohl, Chef«, nickte Liesel, stand vom Tisch auf und holte die Handschellen hervor, während ich mir eine wohlverdiente *Overstolz* ins Gesicht klemmte.

* * *

Am nächsten Morgen erschien ich nicht zum Dienst. Im Präsidium würde man auch mal einen Tag ohne mich auskommen.

Nachdem Polizeimeisterin Liesel Weppen am Vorabend Ching Chang Chong in unsere hiesige Gefängniszelle gesteckt und danach Erna Fadenstrick und Jochen Bauer aus dem Bett geklingelt hatte, waren nun alle drei eingelocht. Akte zu, Affe tot.

Ich verließ meine Wohnung und stieg in den rosaroten Panda. Kurz darauf rollte ich über die Theodor-Friedrich-Wilhelm-Märklin-Straße zum Bahnhof.

Am Kiosk schwatzte ich Alfons die beste und einzige Flasche *Rémy Martin* ab, die er hatte und ließ sie in Geschenkpapier einwickeln. Dann sprang ich wieder in meinen Wagen und grinste den Leiter der hiesigen Mordkommission im Rückspiegel an. Vor lauter Vorfreude spielte mein rechter Fuß mit dem Gaspedal und ich jagte den Panda mit 46 km/h kaffauswärts. Die Schmetterlinge in meinem Bauch hatten Probleme zu folgen. Ich kurbelte das Fenster herunter, ließ den Fahrtwind meinen Hut verrücken.

Nach etwa fünf Minuten bog ich auf die schmale Straße ab, die am Bach entlang und zur alten Mühle führte. Mittlerweile wusste ich nur zu genau, was ich tags zuvor in der Mühle gesehen hatte, was das Glitzern auf den moosbedeckten Treppenstufen gewesen war!

Der rosarote Panda kam vor dem Haus zum Stehen. Ich stieg aus und sah, wie sich die Holztür öffnete. Der Mann, der aus der Mühle ins Sonnenlicht trat, glich einem Landstreicher. Er trug eine eingerissene, alte Lederjacke und eine zerschlissene Cordhose. In seinem Gesicht wucherte ein leicht angegrauter Vollbart, trotzdem erkannte ich ihn sofort. Wir gingen aufeinander zu und fielen uns in die Arme. Seine Klamotten trugen den gleichen muffigen Modergeruch, wie das Innere der Mühle, doch ich ließ ihn eine ganze Weile nicht los.

»Ich wusste, dass du zurückkommen würdest, Heinz«, sagte der Mann schließlich und grinste. »Kein Mensch außer dir raucht *Overstolz*, also war mir gleich klar, dass es deine Kippe sein musste, die in der Pfütze lag.«

»Und ich wusste, dass du hier bist«, entgegnete ich und rückte meinen verrückten Hut zurecht.

»Woher denn?«

»Du hattest meinen Flachmann auf der Treppe verloren, als du nach oben geflüchtet bist.«

»Stimmt, Heinz, den habe ich dir nie zurückgegeben.«

»Bin froh, dass du ihn behalten hast.«

»Und du bist tatsächlich bei der Polente gelandet. Mit Trenchcoat und Hut, so wie damals der Neutze.« Wir lachten und ich zog die Flasche *Rémy Martin* unter meinem Mantel hervor. Hans staunte nicht schlecht. »Das ist ja irre, Heinz! Ist die für mich?«

»Na klar.«

Seine Augen glitzerten wie Diamanten. »Mensch, wo haste die denn her?«

»Am Bahnhofskiosk gekauft.«

»Haha!«

Wir erklommen den Hügel und stapften zu unserem Lieblingsplatz, wie zwei Schuljungen, die sich aufmachten, die Welt zu erkunden und wir hörten die Hummeln von Blüte zu Blüte summen. Hans erzählte mir von seinen Reisen und von Ländern, die ich gar nicht kannte. So wie wir vor achtunddreißig Jahren nicht wussten, wo Mazedonien lag. Ich plauderte von den spannenden Kriminalfällen, die ich im Laufe der Zeit aufgeklärt hatte. Besonders ausführlich berichtete ich von dem Fall, den ich gestern Abend zum Abschluss gebracht hatte. Zwischendurch rauchten wir *Overstolz*-Zigaretten und nippten an der Cognacflasche. Hans und ich tranken auf unsere Freundschaft, auf Margot Müller und prosteten der alten Mühle zu. Für den Rest des Tages würden wir hier an unserem Lieblingsplatz bleiben, ausgestreckt im duftenden Gras. Wir würden der Sonne dabei zusehen, wie sie immer pampelmusiger und schwerer wurde, so schwer, dass sie langsam vom Himmel rutschen und schließlich vom hiesigen Kirchturm aufgespießt werden würde.

Und für einen winzig kleinen Augenblick war es wieder so, als würde ich in drei Tagen meinen achten Geburtstag feiern.

Ende

Mörderische Moselfahrt

Landstraße 108, 17:09 Uhr

Von nun an ging es bergab.

Die Kurven der Kastellauner Straße waren so scharf wie die von Brigitte Bardot. Der Motor meines rosaroten Pandas heulte auf, als ich in den zweiten Gang zurückschaltete. Dann ging ich mit sagenhaften 8 km/h in die Linkskurve.

Nicht mehr lange und ich würde Treis-Karden erreicht haben – genauer gesagt, den Ortsteil Treis.

Ich hatte Hauptkommissar Günther Neutze, meinem Vorgänger bei der Mordkommission von Hiesig, der sich nach seiner Pensionierung in den Hunsrück zurückgezogen hatte, heute Mittag mit einer Pulle Kirschwasser zum neunzigsten Geburtstag gratuliert. Und danach war ich spontan auf die Idee gekommen, mich zu diesem kleinen Abstecher zu überreden.

Ich freute mich darauf, das romantische Winzerdorf an der Mosel wiederzusehen, wo ich als Kind und Jugendlicher so manche Ferien verbracht hatte.

Ich umklammerte das Lenkrad des Pandas, meisterte die nächsten Kurven und als das Treiser Ortseingangsschild vorbeifegte, schwappte ein wohliges Gefühl durch meine Pumpe. Es fühlte sich an wie ein aufkeimendes Blümchen, das auf die Fensterbank meines Herzens gestellt wird. Ich konnte ja nicht ahnen, was mir bevorstand.

Am Ende der Kastellauner Straße fuhr ich ohne abzubiegen geradeaus und gelangte so über die Welsbachstraße zur Moselallee.

Nachdem ich den rosaroten Panda bei den Kastanienbäumen unweit des *Hotel Reis* geparkt hatte, ausgestiegen war und jetzt über den Fluss blickte, kamen unzählige Erinnerungen zurück. Ich dachte an Schlauchbootkreuzfahrten auf dem Flaumbach, Esspapiergelage am Moselkiosk und den ersten Sprung vom Dreimeterbrett im Freibad. Mir fielen die Picknicks am Werthzipfel mit gemopsten Stachelbeeren ein, die Bolzpartien auf dem Ascheplatz auf der Kipp und oben beim Zilleskapellchen hatte ich meine allererste *Overstolz* geraucht.

Plötzlich riss mich ein Rumpeln aus meinen Gedanken. Ein schnittiges Personenschiff, das man auf den Namen *Stadt Cochem* getauft hatte, machte gerade an der Anlegestelle fest.

Eine kleine Kreuzfahrt auf der Mosel hat noch keinem geschadet, dachte ich, schloss meinen Panda ab und lief mit gezücktem Portemonnaie zum Schiffskartenverkaufsbüdchen. »Ich bin Kommissar Heinz Engelmann von der Kripo«, stellte ich mich vor, »und ich hätte gerne eine Passage!«

»Gerne doch, Herr Kommissar«, lächelte mir die junge Frau aus dem Büdchen entgegen. »Heute geht's aber nur noch zurück nach Cochem.«

»Das macht nichts«, grinste ich. »Hauptsache Moselfahrt!«

Als ich an Bord sprang, wurden auch schon die Leinen gelöst. Mit aufbrausendem Motor stach die *Stadt Cochem* flussaufwärts in See und ich ahnte noch immer nicht, dass ich dabei war, in ein unfassbar kriminelles Verhängnis zu schippern.

* * *

Flusskilometer 43, 17:41 Uhr

Das Sonnendeck hatte ich für mich allein.

Ich studierte die Speisen- und Getränkekarte und bestellte einen Schoppen, während viele der übrigen Passagiere auf dem Unterdeck bei Kaffee und Kuchen, Bockwürstchen mit Kartoffelsalat, Russischen Eiern oder Käseschnittchen saßen.

Zufrieden blinzelte ich in die Abendsonne und ließ mir die frische Brise unterm Hut durchfegen, während die *Stadt Cochem* an Pommern vorbeiglitt. Ich kramte eine *Overstolz* aus meinem Trenchcoat, den ich über die Lehne der Sitzbank geworfen hatte und brachte die Kippe trotz Windstärke zum Brennen.

Ich winkte ein paar Winkern, die am Ufer wunken, und dann der Bedienung, um den nächsten Schoppen zu bestellen. Wenn man schon an Bord eines Schiffes ist, kann man ruhig einen im Kahn haben.

Allerdings war ich den guten Moselwein nicht gewöhnt, trank ich doch sonst immer nur Cognac. Vielleicht lag es auch an der vielen frischen Luft. Jedenfalls weiß ich nur noch, dass mir die Bedienung den nächsten Schoppen servierte und ich glaubte, auf der Steuerbordseite die verschwommenen Umrisse von Klotten zu entdecken. Dann muss ich wohl unter die Sitzbank gerutscht und eingenickt sein.

* * *

Flusskilometer 55, 3:37 Uhr

»Los, aufstehen!« Die Stimme dröhnte wie die Sprengung in einem Steinbruch. »Hoch mit dir!«

Mein Schädel musste die Größe eines Heißluftballons haben. Ich krabbelte unter der Sitzbank hervor und richtete mich schwankend auf. Der Mann, der nun vor mir stand, überragte mich um ganze zwei Köpfe und hätte die Sonne geschienen, wäre ich in seinem Schatten versunken. Doch es war Nacht. Tiefste Nacht und die *Stadt Cochem* befand sich in voller Fahrt. Am Ufer schoben sich gelblich schimmernde Straßenlaternen vorbei, wie Schießbudenfigürchen.

Was war in der Zwischenzeit geschehen? Wann und wo waren die anderen Passagiere von Bord gegangen? Wer hatte mein volles

Weinglas einfach abgeräumt? Warum war das Schiff mitten in der Nacht unterwegs? Und wohin ging die Reise?

Natürlich hätte ich diese Fragen stellen und dabei meinen Dienstausweis zücken müssen, doch der Teil meines Gehirns, der solche Aktionen gewöhnlich regelte, war noch immer durch den Moselwein von der Außenwelt abgeschnitten.

Eine weitere Gestalt erschien jetzt auf dem Sonnendeck. »Was ist los, Udo?«, fragte der Mann, der mich an Klaus Kinski erinnerte. »Was brüllst du hier rum?«

»Stell dir vor, Hannes«, antwortete der Riese. »Wir haben hier einen blinden Passagier!«

»Das wird dem Boss gar nicht gefallen«, sagte Hannes grimmig und zauberte eine Pistole aus seinem Hosenbund.

»Ich bin kein blinder Passagier, Jungs«, begann ich mit staubtrockener Kehle. »Hab bloß eine Kreuzfahrt von Treis-Karden nach Cochem gemacht.«

»Pech gehabt, Freundchen«, polterte Udo und lachte, dass das ganze Schiff vibrierte. »Cochem haben wir längst hinter uns! Dort haben nämlich Hannes, ich und die beiden anderen dieses Schiff gekapert!«

»Quatsch nicht so viel!«, unterbrach ihn Hannes. »Muss ja keiner wissen, dass wir zu viert sind.«

Dann stieß er mir den Lauf seiner Waffe gegen die Brust und ich taumelte rückwärts an die Reling. »Deine Moselpartie endet hier!«, fauchte der Pistolero und spannte den Hahn. »Spring!«

Auf der Polizeischule hatte ich gelernt, dass man mehr vom Leben hatte, wenn man nicht erschossen wurde. Aber ins Wasser wollte ich auch nicht, also sagte ich: »Wäre es den Herren Piraten vielleicht möglich, mich an der nächsten Anlegestelle …«

»Halt den Sabbel und geh endlich baden!«, fiel mir Hannes ins Wort. »Oder ich schieße dir so lange eine Kugel durch den Kopf, bis du tot bist!«

Das klang nicht gut! Doch bevor ich weitere Gedankengänge in die Wege leiten konnte, knallte mir eine von Udos Riesenfäusten ins Gesicht. Ich segelte rücklings über die Reling und landete in der rabenschwarzen Mosel.

* * *

Flusskilometer 57, 3:46 Uhr

Ernst war nicht nur der Weinort, dessen Lichter am Ufer glommen, sondern auch meine Lage! Ich ruderte wie wild mit den Armen, um dem schäumenden Sog der Schiffsschraube zu entgehen und versuchte verzweifelt, die Mosel beiseitezuschieben.

Erst als das Motorengeräusch der *Stadt Cochem* immer leiser wurde und sich das aufgebrachte Wasser beruhigte, rückte ich meinen bleischweren Hut zurecht. Die unfreiwillige Wassergymnastik hatte meine grauen Ermittlerzellen gut durchgespült und drei Dinge gingen mir spontan durch den Kopf:

- Die Strolche hatten ganz bestimmt nicht das Schiff gekapert, um damit spazieren zu fahren. Die führten etwas im Schilde, sonst hätten sie mich wohl kaum so feuchtfröhlich des Schiffes verwiesen.
- Mein Trenchcoat befand sich samt Dienstwaffe, Portemonnaie, Megafon, Autoschlüssel und Polizeiausweis noch auf dem Sonnendeck.
- Meine Fluppen auch!

Während ich so in der nächtlichen Mosel vor mich hin planschte und mit der Strömung zurück gen Valwig trieb, beschloss ich nicht nur, der Sache auf den Grund zu gehen, ich schmiedete auch einen wasserdichten Plan! Leckomio, ich war nicht umsonst Kommissar Engelmann und diese Flussratten sollten mich kennenlernen! Also wendete ich, kraulte Richtung Bruttig und nahm die Verfolgung auf.

* * *

Flusskilometer 59, 4:10 Uhr

Im Licht der Scheinwerfer sah ich, wie sich das Schleusentor schloss und die *Stadt Cochem* dahinter verschwand. Als auch ich kurz darauf die Staustufe Fankel erreicht hatte, zog ich mich aus dem Wasser und kletterte die Leitersprossen empor. Meine nassen Klamotten wogen eine Tonne.

Das rote Lämpchen am oberen Tor zeigte an, dass Wasser in die Kammer gepumpt wurde. Mit steigendem Pegel kam die *Stadt Cochem* höher und höher. Wie eine Flunder robbte ich den Schleusenkammerrand entlang und wartete, bis die matt erleuchtete Kommandobrücke neben mir emporgeschwebt war und das menschenleere Sonnendeck auftauchte. Ich nahm all meine Kräfte zusammen und sprang aufs Schiff, welches weiterhin auf den neuesten Wasserstand gebracht wurde.

Unbemerkt huschte ich zu der Sitzbank hinüber, über deren Lehne mein Trenchcoat hing. Schnell zog ich ihn über, um etwas Trockenes an den Leib zu bekommen und tastete die Taschen ab. Alles drin. Anscheinend waren die Moselpiraten überhaupt nicht auf die Idee gekommen, meinen Mantel zu durchstöbern.

Plötzlich hörte ich Schritte. Im Handumdrehen kroch ich unter die Sitzbank und beobachtete Hannes und Udo, wie sie die Taue vom Schleusenkammerrand lösten, damit die *Stadt Cochem* ihre Fahrt fortsetzen konnte.

Ich kauerte in meinem Versteck und hielt den Atem an, bis das Fahrgastschiff schließlich die hell erleuchtete Staustufe Fankel hinter sich gelassen und Kurs auf Beilstein genommen hatte.

* * *

Flusskilometer 65, 4:42 Uhr

Die *Stadt Cochem* glitt munter durch die Nacht.

Nachdem Hannes mit Udo eine Weile über die Entstehungs-
geschichte der Burgruine Metternich diskutiert hatte, waren die
beiden auf der Höhe von Poltersdorf endlich wieder unter Deck
verschwunden.

Als wir die Lichter von Mesenich passiert hatten, kam ich
unter der Bank hervor und krabbelte im Schatten der Dunkelheit
hinüber zum Steuerhaus. Von dort aus würde ich SOS. funken
und dann würden die Kollegen von der Wasserschutzpolizei dieser
Moselirrfahrt ein Ende bereiten.

Just als ich die Klinke herunterdrücken wollte, hörte ich drinnen
eine fremde Stimme. Sie musste dem dritten Mann gehören. Zackig
wie ein Erdmännchen hockte ich mich vor die Tür und lauschte.
»*... gleich unter der Senheimer Brücke durch. Klar, Boss, alles paletti.
Kurz hinter Cochem hat der Neue zwar einen blinden Passagier entdeckt,
aber den haben wir versenkt ... haha ... das Zeug ist gut verstaut ... wie
immer, Boss ... der Fang ist bestimmt saftige Fünfhunderttausend wert,
wenn nicht sogar eine halbe Million ... over.*«

Das war mein Stichwort. Ich zückte die Dienstwaffe und stieß die
Tür auf. »Hände hoch!«, rief ich und stürmte ins Steuerhaus. »Mein
Name ist Kommissar Engelmann und das Schiff ist umstellt!«

Der bärtige Piratenkapitän riss die Hände vom Steuerrad, fuhr
herum und fegte dabei das Funkgerät vom Tisch. Die Schwerkrafr
tat ihr Übriges und so zerschellte die Apparatur auf dem Boden.
»Verflucht!«, tobte der Bärtige. »Los Horst, baller ihm eine!«

Seine Augen funkelten böse und wollten mich glauben machen,
ein gewisser Horst stünde hinter mir.

Auf diesen uralten Trick würde ich keineswegs hereinfallen!
Unbeirrt behielt ich meine Dienstwaffe im Anschlag und drehte
mich selbstverständlich *nicht* um. Entsprechend bekam ich von Horst
einen Schlag auf den Hinterkopf und mir wurde schwarz vor Augen.

* * *

Flusskilometer 70, 5:13 Uhr

Als ich zu mir kam, stieg mir ein säuerlicher Geruch in die Nase. Ich saß an eine Holzkiste gelehnt und war an Händen und Füßen gefesselt. Man hatte mich in einen kleinen Lagerraum gesperrt – achtern beim Schiffsmotor – und es wummerte ganz schön. Durch ein Milchglasfenster strömte mattes Mondlicht herein. Während ich eine ganze Weile vergeblich mit Armen und Beinen strampelte, um die strammen Stricke zu lösen, überlegte ich, ob die Pfaff-Nähmaschine, die neben der Kiste stand, Baujahr 1934 oder 1936 war.

Auf einmal drehte sich ein Schlüssel im Schloss. Die Lagerraumtür öffnete sich und Udo polterte herein. »Pssst«, flüsterte er. »Ich bin ebenfalls Polizist, Herr Kommissar!«

»Das kann ja jeder behaupten«, knurrte ich. Doch ehe ich mich versah, hatte sich der Ganove heruntergebeugt und mich von den Fesseln befreit.

»Sind Sie wirklich von der Polente?«, wollte ich wissen, während ich auf die Beine kam. Der Riese nickte. »Allerdings ist Udo nicht mein richtiger Name«, zischte er. »Ich bin Inspecteur Jean d'Arm von Interpol in Nancy.«

»Und Sie haben sich in diese Verbrecherbande eingeschleust, Jean?«

»Unbemerkt, versteht sich«, bestätigte der Mann von Interpol meine Vermutung. »Im Auftrag meines Vorgesetzten, Chefinspecteur Bontemps, beschatte ich das Gaunertrio schon eine ganze Weile. Und als Hannes, Horst und der Bärtige vor anderthalb Wochen in einer Straußwirtschaft in Winningen saßen, habe ich mich als Tresorknacker-Udo vorgestellt und die sauberen Herren davon überzeugt, dass sie dringend einen vierten Mann brauchen.«

»Hut ab«, lobte ich und rückte meine Kopfbedeckung zurecht.

»Danke, Herr Kommissar«, sagte Inspecteur d'Arm und erzählte weiter. »Seit Jahren raubt die Bande in der ganzen Gegend Schmuckgeschäfte und dergleichen aus.«

»Und was hat es mit dieser nächtlichen Moselpartie auf sich?«, fragte ich und hockte mich auf die Holzkiste.

»Gegen halb drei haben wir einen Juwelierladen in Cochem geplündert und danach eines der Schiffe geklaut, die entlang der Promenade herumlagen ...«

»...um dem Boss auf dem Wasserweg die Klunker zu bringen«, ergänzte ich.

Der Mann von Interpol nickte. »Der Bärtige hat vorhin mit Hannes darüber gesprochen, dass wir ihn bei Flusskilometer 107 zur Übergabe treffen werden.«

»Na, das ist doch wunderbar«, freute ich mich. Monsieur d'Arm hingegen wirkte geknickt. »Aber wie in allen anderen Fällen ist auch diesmal die gesamte Beute spurlos verschwunden, Herr Kommissar«, seufzte der Inspecteur und ließ die breiten Schultern hängen. »Dabei habe ich die Edelsteine eigenhändig mit an Bord geschleppt!«

Ich konnte mir ein Schmunzeln nicht verkneifen. Nicht nur wusste ich durch das belauschte Funkgespräch, dass die Klunker hundertprozentig auf dem Schiff waren, mir war auch klar, wie die Halunken ihre Sore tarnten! Seit ich hier in diesem Raum gefesselt aufgewacht war, hatte ich meine Schnüffelnase aktiviert und eins und eins zusammengezählt.

Draußen auf dem Gang näherten sich Schritte. »Hier«, flüsterte der Interpolmann erschrocken und hielt mir einen Zettel hin. »Sollte mir etwas zustoßen, dann lesen Sie, was hier draufsteht!« Bevor ich das Stück Papier an mich nehmen konnte, stand Hannes samt Pistole im Türrahmen.

»Schön aus dem Nähkästchen geplaudert, Udo?!«, giftete er seinen vermeintlichen Gangsterkollegen mit unfreundlichem Klaus-Kinski-Grinsen an. »Wer gemeinsame Sache mit der Schmiere macht, ist nichts als ein mieser Verräter!«

Dann schoss er. Der Koloss von Inspecteur sackte in der Nähe der Nähmaschine zu Boden und tat seinen letzten Atemzug. Gerade wollte ich nach meiner Dienstwaffe tasten, die sich seltsamerweise nach wie vor in meinem Trenchcoat befand, da richtete Hannes sein Schießeisen auf mich. »Und du elender Schnüffler bist jetzt auch endlich fällig!« Ich rutschte von der Kiste, stolperte rückwärts und prallte mit voller Wucht gegen das Fenster. Hannes drückte ab. Ich hörte ein Zischen, spürte Splitter im Rücken und fiel.

* * *

Flusskilometer 76, 5:43 Uhr

Nachdem ich einige Zeit gegen den Strom geschwommen war, legte ich nun eine Pause ein und sah den ersten Sonnenstrahlen des neuen Tages dabei zu, wie sie sich über die Wingerte hinab ins Tal der Mosel mogelten. Jenseits der glitzernden Wasseroberfläche schwamm die Klosterruine Stuben vorüber und vis-a-vis räkelte sich der Calmont wie ein Dinosaurierrücken am Ufer.

Doch ich hatte keine Zeit für atemberaubende Naturschauspiele und Sehenswürdigkeiten, ich musste einen Fall lösen. Ein entführtes Schiff, geraubte Edelsteine und ein toter Kollege. Das war ganz schön happig! Und nach wie vor wusste ich leider nicht, was auf dem Wisch stand, den Jean d'Arm mir hatte geben wollen. Vermutlich klemmte der noch in seiner Hand im Lagerraum.

Also machte ich mich wieder daran, stromaufwärts zu kraulen. Und als ich an Bremm vorbei um die Moselschleife schleifte, tauchte die *Stadt Cochem* in der Ferne wieder auf. Und dahinter, im Morgendunst, die Staustufe Sankt Aldegund.

* * *

Flusskilometer 83, 6:31 Uhr

Anders als in Fankel hatte die *Stadt Cochem* vor der Staustufe Sankt Aldegund den Gegenverkehr abwarten müssen. So hatte ich das Passagierschiff mit ausgeglichenem Brustschwimmen leicht einholen und kurz darauf vom Schleusenkammerrand an Bord hüpfen können.

Als ich durch die zerbrochene Milchglasscheibe in den Lagerraum zurückkehrte, hing noch immer dieser säuerliche Geruch in der Luft. Ich kniete mich neben die Pfaff-Nähmaschine und befreite den Zettel aus Inspecteur d'Arms eiskaltem Händchen.

* * *

Flusskilometer 86, 6:48 Uhr

Was auf dem Stück Papier geschrieben stand, hätte ich mir denken können. Ich musste dringend Kontakt mit der Außenwelt aufnehmen, also sprang ich schnellstmöglich wieder von Bord. Erstens war das Funkgerät der *Stadt Cochem* unbrauchbar und zweitens hatte ich kein Interesse, so zu enden wie mein französischer Kollege. Mit vollem Einsatz kraulte ich Richtung Zell. Mein kriminalistischer Spürsinn sagte mir, dass es in einer so großen Stadt garantiert einen Telefonapparat geben musste.

»Los, raus aus der Nussschale!«, rief ich dem Kanuten zu, der mich jetzt auf der Höhe von Merl überholte. Zusätzlich fischte ich meinen Dienstausweis aus der submarinen Trenchcoattasche und wedelte ihn durch die Luft. »Ihr Dampfer ist beschlagnahmt!«

Nach einem freundlichen »Verdomme!« überließ mir der fliehende Holländer sein Kanu.

So gelangte ich nun viel schneller nach Zell. Ich bat ein paar Schwäne, auf das Kanu aufzupassen und ging an Land. Auf der anderen Seite der Moselpromenade lag ein Hotel. Von nun an überschlugen sich die Ereignisse: Ich mietete ein Fremdenzimmer, duschte und fönte meine Kleidungsstücke trocken. Ebenso die *Overstolz*-Schachtel und den Zettel, den Jean d'Arm mir überlassen hatte. Dann griff ich nach dem Telefon. Meine Fingerchen sausten durch die Wählscheibe und prompt hatte ich den richtigen Mann am Rohr.

Ich berichtete Chefinspecteur Bontemps vom schrecklichen Ende seines Untergebenen auf der *Stadt Cochem* und seinem letzten Wunsch, ihn zu kontaktieren. Wir plauderten ein bisschen über die Ölkrise und das aktuelle Wetter in Nancy. Und da ich Bontemps ohnehin am Apparat hatte, ließ ich selbstverständlich nicht unerwähnt, dass sich Hannes, Horst und der Bärtige bei Flusskilometer 107 mit ihrem Boss treffen würden, um die geraubten Edelsteine abzuliefern.

Der Chef von Interpol in Nancy war völlig aus dem Häuschen. »Und wann wird das Schiff Ihrer Meinung nach dort ankommen, Monsieur Kommissar?«

»Schätzungsweise in zwei Stunden«, begann ich das Ende von unserem Telefonat. »Superb!«, lachte Bontemps auf Französisch. »Dann bis gleich, Engelmann!«

Ein Klicken in der Leitung. Ich warf den Hörer auf die Gabel und ließ mir einen dreistöckigen Cognac aufs Zimmer kommen, denn für Kaffee war es viel zu früh.

* * *

Flusskilometer 103, 8:26 Uhr

In Enkirch sah ich die *Stadt Cochem* wieder. Sie steckte in der Schleusenkammer und wurde hochgepumpt, als ich mit der Zündapp, die ich vor dem Hotel kurz entschlossen kurzgeschlossen hatte, an der Staustufe vorüberfegte. Den gut gefönten Hut tief in die Stirn gezogen, jagte ich das Moped mit stolzen 41 km/h die

Bundesstraße 53 entlang, um vor den drei Piraten am Treffpunkt zu sein!

* * *

Flusskilometer 107, 9:04 Uhr

Chefinspecteur Bontemps und ich lagen seit etwa einer halben Stunde auf der Lauer. Gleich hinter uns gluckerte der Kautenbach in die Mosel.

»Voilà, jetzt ist es so weit«, vermutete der Franzose ganz richtig, als sich ein blauer Lieferwagen der Anlegestelle näherte, an der die *Stadt Cochem* festgemacht hatte. Hannes öffnete die Hecktüren, während Horst und der Bärtige die große Holzkiste so flott es ging von Bord schleppten. Der Boss blieb unterdessen als Silhouette am Steuer sitzen und spielte ungeduldig mit dem Gaspedal. Kein Wunder, dass die Bande es eilig hatte – die Reederei war bestimmt längst auf der Suche nach der verschollenen *Stadt Cochem*.

Was Bontemps und ich gespannt beobachteten, kümmerte die übrigen Menschen am Flussufer nicht, denn eine Schiffsbesatzung, die ihre Ladung löschte, war nichts Ungewöhnliches.

Chefinspecteur Bontemps hob nun einen Stein auf und verscheuchte damit die Fischreiher, die sich am Bach in der Morgensonne aalten. Das empörte Krächzen, mit dem sich die Vögel in die Luft verabschiedeten, war das verabredete Zeichen.

Noch bevor Horst und der Bärtige die Kiste komplett in den Lieferwagen gewuchtet hatten, schossen vier Polizeihelikopter wie hungrige Hummeln vom Himmel – nachdem sie als Spritzhubschrauber getarnt über den Weinbergen ihre Kreise gedreht hatten – und umzingelten die Gangsterbande am Trarbacher Moselufer. »Solch eine Aktion haben wir nun schon zig Mal gemacht, Engelmann«, erklärte Bontemps. »Egal, ob wir die Halunken nach einem Raubzug in der Trierer Innenstadt überrascht, mitten auf der

A 48 angehalten oder beim Tanken in Wasserbillig ertappt haben, immer mussten wir sie laufen lassen, denn nie konnten wir das jeweilige Diebesgut finden.«

»Na, dann kommen Sie mal mit, Chefinspecteur.«

Während die Beamten den Bärtigen, Horst, Hannes sowie den Boss einsackten und zur Polizeiwache in die Köveniger Straße verfrachteten, folgte mir Bontemps zur Anlegestelle. »Und wo sind nun die Edelsteine, Engelmann?«

»In der Holzkiste natürlich.«

Der Chefinspecteur spreizte die Nüstern. »Aber da sind doch Kapern drin, das riecht doch ein Blinder.«

»Und *in* den Kapern befinden sich die Steinchen«, grinste ich so breit, dass es von Traben aus zu sehen sein musste. »Fein säuerlich ... ich meine säuberlich eingenäht mit einer Pfaff-Nähmaschine aus dem Jahre 1934 oder 1936!«

Bontemps öffnete die Kiste und griff hinein. Er steckte sich eine der eingelegten Knospen in den Mund, kaute darauf herum und spuckte dann einen Edelstein aus. »Hmm, délicieux!«, grinste nun auch er.

»Und bestimmt die teuersten Kapern, die Sie je gemümmelt haben, was, Chefinspecteur?«

* * *

Luftraum über Traben-Trarbach, 9:34 Uhr

Eine halbe Stunde später – nachdem wir den armen Inspecteur Jean d'Arm aus dem Lagerraum der *Stadt Cochem* geborgen und im Zinksarg auf die Heimreise nach Frankreich geschickt hatten – kutschierte mich der Interpolchef von Nancy in einem der Polizeihelikopter zurück nach Treis-Karden und zu meinem rosaroten Panda. »Wie sind Sie nur dahintergekommen, Engelmann?«, fragte Bontemps, während die Umrisse von Traben-Trarbach unter uns davonflogen. »Tja, die Blödbommel hätten mich mal besser nicht in den Lagerraum mit der säuerlich riechenden Kiste und der alten Nähmaschine gesperrt. So habe ich den Braten sofort gerochen. Vor allem, weil ich wusste, dass auf der Bordspeisekarte keine Gerichte mit Kapern stehen. Außerdem gab mir der gute Jean ohne es zu wissen den entscheidenden Hinweis, als er meinte, das Schiff wäre *gekapert* worden.«

»Fantastique, Engelmann. Sie sind wirklich mit allen Wassern gewaschen!«

»Oui, Chefinspecteur«, lachte ich.

Mit allen Wassern gewaschen war ich. Nach dieser mörderischen Moselfahrt ganz bestimmt.

Ende

Gebiss zum Morgengrauen

Es hatte angefangen zu dämmern.

Der sanfte Herbstwind blies rostbraune Blätter durch die hiesigen Sträßchen wie Schlangenhaut.

Unterwegs zu meinem Stammlokal, spazierte ich um eine Straßenecke, bog auf den hiesigen Marktplatz ein und prallte plötzlich gegen einen harten Gegenstand. Als ich das Hindernis näher betrachtete, erkannte ich, dass es sich um das Kassenhäuschen eines Kinderkarussells handelte. Prompt fielen mir die weiteren Fahrgeschäfte und Buden ins Auge, die auf dem Marktplatz errichtet worden waren.

Und kaum hatte ich auch die Menschenmassen registriert, die sich trotz der Tatsache, dass unser Hiesig ein klitzekleines Örtchen war, immerhin auf sechsundvierzig Personen beliefen, drang auch schon eine bekannte Stimme an meine Öhrchen:

»Guten Abend, liebe Hiesige und Hiesige!«, hörte ich unsere Frau Bürgermeisterin durch einen Lautsprecher rufen. »Herzlich Willkommen zur feierlichen Eröffnung der hiesigen Kirmes. Ich danke Frau Techtel sowie ihren Schaustellern und freue mich ungemein, dass sie unser geliebtes Kaff drei Tage lang in einen Hexenkessel der guten Laune verwandeln werden!«

Allgemeiner Jubel. Und ohne großartig suchen zu müssen, entdeckte ich, neben dem Kettenkarussell vor der Losbude, unser Stadt- bzw. Kaffoberhaupt. Die Frau Bürgermeisterin war schon eine Weile in den besten Jahren, hatte ihr mittellanges Haar zu einem blonden Dutt geknotet und trug ein modernes, auberginefarbenes Kostüm, das mit orangegelben Gänseblümchen bedruckt war. Auf ihrer breiten Nase prangte eine Schmetterlingsbrille.

»Die hiesige Kirmes ist hiermit eröffnet!«, krakeelte sie in das stofftaschentuchummantelte Mikrofon, das, wie man weiß, zur Grundausstattung einer jeden Losbude gehörte.

Dann spielten Ernie und Bert, die beiden Mitglieder der hiesigen unfreiwilligen Feuerwehr, wie bei solchen höchstoffiziellen Anlässen üblich, die Dorfhymne. Eh man sich's versah, wurde die einsetzende Dunkelheit auf Knopfdruck von den Neonfunzeln und bunten Birnchen der Kirmes erfüllt. Und für das begeisterte Menschenaufläufchen gab es kein Halten mehr!

»Huhuuu! Engelmännchen!«, rief unsere Bürgermeisterin – gottlob nicht ins Mikrofon – und kam dann auf mich zu. Ein hagerer Mann folgte ihr auf Schritt und Tritt.

»Heide Witzka, ganz schöner Rummel hier!«, sagte ich und tippte zum Gruß an meine Hutkrempe.

Heide Witzka, unsere Bürgermeisterin, lächelte breit.

»'n Abend, Herr Kommissar«, begrüßte mich der Hagere, wobei die *Gitanes*-Zigarette, die zwischen seinen Lippen baumelte, auf und ab tanzte. Es handelte sich um Raimund Eichen, Heides Sekretär und rechte Hand, welche er mir nun reichte. Raimund mochte so um die fünfzig sein, das wenige Haar schillerte gräulich und an seinem linken Nasenflügel prangte eine schwarze Warze.

»Tach, Warz-Eichen«, begrüßte ich ihn mit seinem Spitznamen.

»Willst du dich auch in den Trubel stürzen, Engelmännchen?«, erkundigte sich Heide. »Gott bewahre«, schüttelte ich den Kopf. »Ich habe mit so viel Trubel nichts am Hut.« Dann zog ich erst selbigen und dann von dannen, während die zähligen Massen um uns herum auf Autoskooter, Schiffsschaukel, Achterbahn, Karussell und die Luftballonsmitpfeilenbewerfbude zuströmten.

Wenig später hatte ich den Kirmesplatz hinter mir gelassen und schlenderte durch den hiesigen Abend. Ich atmete die Herbstluft ein, steuerte auf mein Stammlokal zu und betrat kurz darauf das *Café Inkontinental*.

Hier schien die Zeit schon vor einer Ewigkeit stehen geblieben zu sein. Oh ja, im *Café Inkontinental* ging es immer ganz gemächlich zu, wie in einem Hans-Moser-Film ohne Hans Moser.

Ich nahm an meinem angestammten Platz Platz und der Ober namens Herbert Kellner rauschte heran. »'n Abend, Kommissar Engelmann. Das Übliche?«

»Nein, Herr Kellner, heute bitte kein Ragout fin in Blätterteig mit Worchestersoße. Ich hab noch den Backfischmief von der Kirmes in den Nüstern. Tun Sie mir doch einfach erst mal ein Kripogedeck.«

»Sehr wohl, Herr Kommissar.« Ober Kellner schlurfte gemütlich zur Theke, während ich in meine Trenchcoattasche griff, eine gute *Overstolz* herauszog und mir Feuer gab.

Kaum schien die Sonne Mazedoniens auf meinen Gaumen, kam ein Mann in kackbrauner Wildlederjacke ins Café.

»Hallöchen, Teddy! Na, wie geht es unserem hiesigen Starreporter?«, fragte ich grinsend, als er sich zu mir setzte.

Teddy Bär war etwa Mitte dreißig und nicht nur glücklich, sondern auch sehr wohlhabend verheiratet.

Kellner, der Ober, nahte mit meinem Kripogedeck. Cognac und dazu einen Klaren.

»Prost«, lächelte ich und schüttete beides zusammen.

»Für mich einen Whisky«, wandte sich der Reporter an Kellner, den Ober. »Einen *Glenmiller*. Pur und ohne Eis.«

»Sehr wohl, Herr Bär«, nickte Ober Kellner und huschte von dannen.

»Und, was hat unser Mann vom *Hiesigen Käseblatt* am Köcheln?«, fragte ich, nachdem ich mein Kripogedeck leergenippt hatte.

»Aus aktuellem Anlass schreibe ich natürlich an einem Artikel über die Kirmes, Engelmann«, lachte Teddy. »Ich kann ja nicht immer nur über Sie berichten.«

»Auf dem Markt steppt tatsächlich der Bär ... und damit meine ich nicht dich«, flachste ich. »Kann mich gar nicht erinnern, wann wir in Hiesig zuletzt eine Kirmes hatten.«

»Oh, das ist ein interessanter Aspekt, Engelmann«, grinste Teddy. »Das werde ich gleich morgen recherchieren.«

»Tu das.«

Der Reporter und ich plauderten noch eine ganze Weile über dies und das. Was darauf hinauslief, dass wir viele Kripogedecke und zig *Glenmillers* später nicht nur ordentlich Spaß in den Backen hatten, sondern auch eine Uhrzeit, die sich auf zwanzig nach vier in der Früh belief. Von der Theorie, dass im *Café Inkontinental* die Zeit stillstand, musste ich mich also zukünftig verabschieden.

»Zaaaahlen!«, rief ich Herrn Kellner zu, der müde an der Theke lehnte. »Alles zusammen. Und machen Sie mir doch bitte einen Beleg über Getränke und Getränke.«

* * *

Vor der Tür des *Café Inkontinental* hatte der Morgen mit dem Grauen begonnen.

Nachdem wir uns verabschiedet hatten, sah ich Teddy in den menschenleeren Straßen verschwinden, die natürlich in diesem Moment nicht menschenleer waren, weil er ja da entlangging. Nach und nach wurden seine Schritte von der Stille geschluckt und die hiesige Kirchturmuhr schlug halb fünf.

Ich machte mich auf den Heimweg und bummelte schon wenig später über den schlummernden Rummel. Ich scharwenzelte an der Achterbahn und dann am Kettenkarussell vorbei, die wie alle anderen Fahrgeschäfte und die Wohnwagen der Schausteller vor sich hin träumten.

Als ich bei der verrammelten Losbude vorüberspaziert war, sah ich plötzlich etwas auf dem Boden schimmern. Ein Gebiss!

Was zum Kuckuck hatte das da unten zu suchen? War es auf ein loses Mundwerk zurückzuführen? Oder womöglich auf ein dentales

Delikt? Oder hatte es eventuell nur jemand verloren, der zu doll auf ungepopptem Popcorn gekaut hatte?

Mein kriminalistischer Spürsinn ratterte mit einem Mal auf Hochtouren und als gewissenhafter Kripobeamter musste ich meinen Fund sicherstellen. Also hob ich das Gebiss auf und stopfte es vorsichtig in die fast leere *Overstolz*-Packung. Natürlich achtete ich dabei auf meine Fingerabdrücke.

Gleich morgen früh würde ich die Zahnprothese unserer hiesigen Gerichtsmedizinerin, Frau Doktor Anna Lühse, zur Analyse reinreichen. Doktor Lühse kannte sich nämlich gut mit toten Leichen und anderen Überresten aus.

Ich setzte den Heimweg fort, am Backfischbüdchen vorbei, und obwohl der viele Cognac mich wärmte, lief mir plötzlich ein kalter Schauer den Rücken runter. Vor meinen Schuhspitzen befand sich eine Leiche!

Auf dem Rücken liegend und mit einem figurbetonten Kostüm bekleidet, bot sie einen frauenhaften und ebenso grauenhaften Anblick. Der Kopf des Opfers war komplett in den Kokon einer Monsterspinne gehüllt. So, als käme die Leiche direkt aus der Geisterbahn. Doch auf dieser Kirmes gab es keine. Und Monsterspinnen kamen in der hiesigen Gegend äußerst selten vor.

Als ausgefuchster alter Hase wusste ich natürlich, dass man am Tatort nichts verändern durfte, aber ich war einfach zu neugierig! Mit beiden Händen wuselte ich mich durch das Spinnwebengewebe und zog es auseinander. Während ich mir die klebrigen Fäden von den Fingern fummelte, musste ich schlucken. Bei der Toten handelte es sich um die Kirmesleitung, Frau Mechthild Techtel! Ihre Lippen waren zu einer verzerrten Grimasse erstarrt und ihre Beißerchen schillerten matt im Mondlicht. Ich konnte also mit Gebissheit … Entschuldigung … Ge*wiss*heit folgern, dass die Zahnprothese, die ich sichergestellt hatte, nicht Frau Techtel gehörte.

Plötzlich sah ich aus einem meiner Augenwinkel etwas zucken!

Ich fuhr herum und starrte durch das Morgengrauen hinüber zur Luftballonsmitpfeilenbewerfbude, fest davon überzeugt, dass sich dort soeben etwas bewegt hatte!

Nun jedoch regte sich nichts. Wahrscheinlich war ich im morgendlichen Zwielicht nur auf die Umrisse des Regenfasses hereingefallen, die da stand. Oder die vielen Kripogedecke spielten mir einen Streich.

Dann bemerkte ich wieder das Zucken. Mit einem olympiareifen Satz Richtung Luftballonsmitpfeilenbewerfbude stürzte ich mich auf die Regentonne. Doch beim Zupacken entpuppte diese sich als ein Mensch! Eine ausladende Frau in einem braunen Morgenmantel und mit einem fies gemusterten Kopftuch.

Geistesgegenwärtig hielt ich der Person meinen Impfpass entgegen, da ich meinen Dienstausweis im Büro hatte liegen lassen. »Ich bin Kommissar Heinz Engelmann von der hiesigen Mordkommission!«, sagte ich. »Wer sind Sie? Und was tun Sie hier?«

Die Unbekannte gab ein unverständliches Nuscheln von sich.

»Haben Sie Frau Techtel umgebracht?«, fragte ich unbeirrt weiter. Doch erneut kam als Antwort bloß ein geknödeltes Kauderwelsch.

»Alles, was Sie ab jetzt nuscheln, werde ich gegen Sie verwenden!«, raunte ich, zückte meine Dienstwaffe und fuchtelte fachmännisch damit herum. »Ab ins Präsidium!«

* * *

Der Vormittag war in vollem Gange. Ich saß an meinem Schreibtisch und nippte an einem doppelten Cognäcchen.

Meine attraktive Assistentin, Polizeimeisterin Liesel Weppen, ging derweil in meinem Büro auf und ab. Ihr langes blondes Haar wehte umher und ich roch den zarten Frischeduft, der von ihr ausging. Ich ahnte, der Grund dafür waren ihre *Femina*-Slipeinlagen.

Warum hatte jemand die Frau Techtel umgebracht? Und wieso? Und falls Monsterspinnen die Tat verübt hatten – so unwahrscheinlich das auch sein mochte – wohin hatten sie sich nach der Tat abgeseilt? Und was hatte die Frau, die ich anfangs für ein Regenfass gehalten hatte, mit dem Tod der Kirmesleitung zu tun?

Hmmm. Bevor ich all diesen Fragen nachgehen würde, musste ich zuerst etwas anderes regeln.

Ich griff nach dem Telefon, das stets neben dem Aschenbecher bei der Schreibmaschine unweit der Cognacflasche auf meinem Schreibtisch stand, und verpasste der Wählscheibe einen Drehwurm.

»Hiesiges Rathaus, Raimund Eichen am Apparat«, tönte die Stimme der rechten Hand unserer Bürgermeisterin aus dem Hörer.

»Guten Morgen, Warz-Eichen. Ich müsste bitte mal die Heide sprechen.«

»Ja, sofort, Herr Kommissar.«

Sekunden später war Heide Witzka am Rohr.

»Morgen, Engelmännchen«, trällerte sie. »Was gibt's denn?«

»Es geht um die Kirmes …«, begann ich, doch unsere Bürgermeisterin fiel mir gleich ins Wort. »Eine dolle Sache, was? Ein Hexenkessel guter Laune!«

»Nicht wirklich …«

»Falls du Freikarten für die Achterbahn willst«, ignorierte Heide Witzka meinen ernsten Tonfall, »dann fürchte ich, dass ich nichts für dich …«

»Die Frau Techtel ist tot!«

»Nein!«

»Doch!«

»Ooh!«

»Ermordet!«, fügte ich hinzu und wartete die Reaktion der Frau Bürgermeisterin ab. Natürlich würde sie fragen, wie das passiert war.

»Und … wie ist das passiert?«

»Ich warte auf Rückmeldung von der Pathologie, liebe Heide. Vermutlich Monsterspinnen … oder etwas ganz anderes.«

»Wie furchtbar.«

»Allerdings. Daher muss ich die Kirmes leider beschlagnahmen.«

»Waaas? Die Kirmes be- … Bist du bekloppt, Engelmännchen?«

»Es muss sein, Heide!« Nachdruck war gar kein Ausdruck für das, was ich jetzt in meine Stimme legte. »Die Leute werden mir die ganzen Spuren zertrampeln.«

»Papperlapapp!«, blaffte das Kaffoberhaupt. »Die Kirmes öffnet planmäßig um zwölf Uhr, weil das so auf allen Flugblättern steht! Also, klär einfach den Fall bis mittags auf und alles ist gut!«

Ein Klicken in der Leitung.

»Aufgelegt!«, erklärte ich Polizeimeisterin Weppen den Sachverhalt, während ich den Hörer auf die Gabel knallte.

»Den Fall bis zum Mittag lösen …«, knurrte ich und warf einen Blick auf meine Armbanduhr. »Das gibt uns noch genau circa eine Stunde.«

Es blieb mir also nichts anderes übrig, als das Pferd schnellstmöglich von innen einzuzäunen. Als Erstes musste ich herausfinden, was die Dame mit dem fies gemusterten Kopftuch für eine Rolle spielte.

Liesels Recherchen auf dem Rummel hatten ergeben, dass die Unbekannte eine staatlich anerkannte Wahrsagerin war, vor acht Jahren zur Kirmestruppe gestoßen war und unter dem Künstlernamen »Madame Esmeralda« arbeitete. Mit bürgerlichem Namen hieß sie Christel Klier.

»Wenn wir nur wüssten, ob und wie diese Frau Klier in den Fall verwickelt ist«, wandte ich mich an meine frische Assistentin mit den attraktiven Slipeinlagen. Diese zauberte einen verwunderten Ausdruck in ihr hübsches Gesicht. »Warum fragen Sie sie nicht einfach, Chef?«

»Gute Idee, Liesel«, nickte ich. Mit meinem abgebrühtesten Ermittlerblick sah ich Christel Klier, die mir schon den ganzen Vormittag am Schreibtisch gegenübersaß, tief in die Augen. »Also, dann mal raus mit der Wahrheit, Frau Wahrsagerin«, legte ich los. »Was haben Sie im Morgengrauen bei der Luftballonsmitpfeilenbewerfbude zu suchen ge …?«

Das schrille Klingeln meines Telefonapparates fuhr mir in die Parade.

»Leckomio«, fluchte ich. »Ausgerechnet jetzt.« Dann griff ich nach dem Hörer und meldete mich mit Angaben zu meinem Arbeitsplatz und meiner Person.

Frau Doktor Anna Lühse, die sich am anderen Ende der Leitung befand, rückte prompt damit heraus, dass Mechthild Techtel gegen vier Uhr heute früh den Tod gefunden hatte. Die Todesursache bezeichnete unsere Pathologin mit *Suffokation*, was, wie Doktor Lühse mir erklärte, nichts mit übermäßigem Alkoholkonsum zu tun hatte, sondern schlicht und einfach *Erstickung* bedeutete.

»Demnach ist Frau Techtel durch die Unmengen von Spinnweben die Luft weggeblieben«, sprach ich meine Vermutung laut aus. »Was in der Tat auf eine Monsterspinne als Täterin hindeutet.«

»Keine Monsterspinne, Kommissar Engelmann«, gab mir die Pathologin Kontra. »Und bei den Spinnweben handelt es sich auch nicht um Spinnweben.«

»Nicht?«

»Nein, Engelmann. Es ist Zuckerwatte!«

* * *

Nachdem ich das Telefonat mit Anna Lühse beendet und Liesel gebeten hatte, schön auf Christel Klier, alias »Madame Esmeralda«, aufzupassen, war ich spornstreichs aufgesprungen und auf schnellstem Wege vom Polizeipräsidium zum Marktplatz geeilt. Die Zuckerwatte war ein verdammt wichtiger Hinweis und duldete keinen Aufschub!

Das Vordach der roten Süßigkeitenkutsche war hochgeklappt und ein ziemlich alter Mann drapierte liebevoll Paradiesäpfel, Schokobananen und Tütchen mit Salmiakpastillen in die Auslage.

»Guten Tag«, grüßte ich.

»Wir haben noch nicht geöffnet, mein Herr«, sagte der Mann.

»Ich weiß. Mein Name ist Kommissar Engelmann. Ich bin Leiter der hiesigen Mordkommission und untersuche den Tod von Frau Techtel.«

Der alte Süßigkeitenkutscher hielt erschrocken inne. »Die … die … Mechthild ist tot?«

»Allerdings, guter Mann! Sie wurde erstickt und ich fürchte, die Spur führt zu Ihnen, Herr …«

»Johann. Einfach Johann. Aber warum … was für eine Spur? Zu mir?«

»Bei der Tatwaffe handelt es sich um Zuckerwatte.«

Johann glitt ein Lebkuchenherz aus der Hand. »Wann … wann … ist denn das passiert?«

»Gegen vier Uhr heute früh.«

»Da hab ich geschlafen, Herr Kommissar. In meinem blauen Wohnwagen, der hinter dem Selbstfahrer-Autoskooter parkt.«

»Gibt es dafür irgendwelche Zeugen?«

Er schüttelte den faltigen Kopf. »Nur meine Einsamkeit.«

»Könnte sich jemand Zugang zu Ihrer Watte verschafft haben?«, fragte ich und warf einen Blick auf die rotierende Zuckerzentrifuge.

Der Alte zuckte mit den Schultern.

»Wer hat denn alles einen Schlüssel zu Ihrer Kutsche?«, ließ ich nicht locker.

»Tja, nur ich. Und … ja, und die Mechthild hatte – als Kirmesleitung – auch einen.« Johanns faltiges Gesicht bekam nun weitere Falten. »Oh Gott, die arme Mechthild«, seufzte er. »Tot. Ich kann es nicht glauben. Wissen Sie, Herr Kommissar, diese Kirmes war ihr Ein und Alles. Genau wie ich hat sie für den Rummel gelebt, für das Rasseln vom Kettenkarussell, den Duft von gebrannten Mandeln, für die Auffahrunfälle beim Autoskooter …«

»Das klingt ja sehr romantisch, Herr Johann«, unterbrach ich den Alten. »Ihrer Meinung nach könnte man also sagen, die Welt sei wie ein Rummelplatz?«

»Das haben Sie sehr schön formuliert, Kommissar Engelmann.

Genau wie Toni Sailer, der singende Skiläufer, es in seinem bekannten Liedchen tut. Man lernt ja als Schausteller auch viel von der Welt kennen. Ständig ist man unterwegs, wie die Zigeuner.« Johann machte ein Gesicht, als würde nun ein historischer Diavortrag vor seinem inneren Auge ablaufen. »Am laufenden Band bekommt man neue Landstriche zu sehen und manchmal führt es einen auch an Orte, an denen man lange nicht war.«

»Moooment mal, Herr Johann«, unterbrach ich den Alten. »Wollen Sie andeuten, dass Sie mit der Kirmes schon einmal in hiesigen Gefilden gewesen sind?«

»Ich bin nicht sicher«, gab der Kutscher zurück. »Wenn man so viel auf Achse ist …«

»Kann ich mir vorstellen«, sagte ich, obwohl ich mir das überhaupt nicht vorstellen konnte.

»Verzeihen Sie, Herr Kommissar, aber ich muss meine Liebesperlenspazierstockvorräte kontrollieren. Die Kirmes öffnet nämlich gleich.«

»Hallo Engelmännchen!«, rief plötzlich eine Stimme hinter mir und ich drehte mich um.

Heide Witzka! Unsere Frau Bürgermeisterin kam angedackelt und natürlich hatte sie ihren Sekretär im Schlepptau, von dessen Lippen wie gewohnt eine *Gitanes* baumelte.

»Na, Engelmännchen?«, tönte Heide und rückte sich die Schmetterlingsbrille auf ihrem Zinken zurecht. »Hast du den Fall schon gelöst?«

»Bin dabei«, grummelte ich. »Bin dabei.«

»Viel Zeit bleibt dir nicht mehr«, mahnte die Bürgermeisterin mit Blick auf ihre Uhr. »Ich misch mich mal ein bisschen unters Volk. Kommt immer gut an bei den Wählern. Auf geht's, Herr Eichen!«

Und dann marschierte Heide Witzka davon, Raimund Eichen trottete hinterdrein, Richtung Achterbahn.

Der Rummelplatz füllte sich nun stetig mit Menschen. Kein

Wunder, denn schon bald würde es zwölf schlagen.

»Nur noch eine Frage, Johann«, widmete ich mich dann erneut dem antiken Schausteller, der wieder aufgetaucht war und nun eine Ladung Liebesperlenspazierstöcke ans Vordach hängte. »In welchem Verhältnis standen Sie eigentlich zu der Toten?«

»Verhältnis?« Der alte Mann sah mich mit großen Augen an. »Wollen Sie etwa andeuten, Herr Kommissar, ich hätte ein Techtelmechtel mit Mechthild Techtel gehabt?«

»Bitte keine unnötigen Gegenfragen, Johann. Hatten Sie ein Techtelmechtel mit Mechthild Techtel oder hatten Sie kein Techtelmechtel mit Mechthild Techtel?«

»Sie war meine Chefin«, murmelte der Süßigkeitenkutscher. »Sonst nichts.«

In diesem Augenblick läutete der hiesige Kirchturm die Mittagszeit ein und ich tippte zum Abschied an meinen Hut.

* * *

Zurück in meinem Büro setzte ich mich wieder Christel Klier gegenüber und dann dort an, wo wir vor etwa einer Dreiviertelstunde durch Anna Lühses Zuckerwatten-Anruf unterbrochen worden waren.

»Also Madame, was haben Sie im Morgenmantel und im Morgengrauen bei der Luftballonsmitpfeilenbewerfbude zu suchen gehabt?«

»Mmmmmmmpf«, antwortete Christel Klier.

»Wie bitte?«

»Mmmmmph«, machte die Frau wieder und blickte für eine Hellseherin sehr düster drein.

»Ach, Frau Klier, das ist doch keine Antwort auf meine Frage. Also, was war heute früh auf dem Rummel los?«

»Mmmmmmmmmmmpf!«

Ich verstand das alles nicht. Da ich aber genau wusste, was in solchen Situationen zu tun war, schaltete ich die Schreibtischlampe ein und drehte sie in Christels Richtung.

Der Schein der Glühbirne kreiste ihr Platzbuttergesicht ein wie den Täter in einem Schwarz-Weiß-Film, der Farbe bekennen muss.

»Nun reden Sie endlich Klartext!«, fauchte ich mit ganz schön Dampf auf der Flöte.

»Mmmmmmmmmmpf!«

»Tja, Chef«, warf Liesel enttäuscht ein. »Ich fürchte, aus der kriegen wir nichts raus.«

»Sieht so aus.«

»Es sei denn, das Gebiss, das Sie auf dem Rummel gefunden haben, gehört der Frau Klier.«

Was für ein genialer Gedanke!

Hätte glatt von mir sein können.

Ich griff also in meinen Trenchcoat, zog die falschen Zähne aus der *Overstolz*schachtel und drückte sie »Madame Esmeralda« zwischen die Felgen.

Dann stellte ich der Wahrsagerin die alles entscheidende Frage: »Und?«

»Ja, super!«, freute sich Frau Klier zähneklappernd. »Das ist mein Gebiss!«

»Prima! Das heißt, Sie können uns jetzt endlich erzählen, was Sie vorhin die ganze Zeit gesagt haben?«

»Mmmm-mmm«, nickte mein Gegenüber. »Ich lag in meinem Wohnwagen und schlief, da wurde ich von lauten Stimmen geweckt. Richtig böse haben die sich angeschnauzt. Ein Blick auf meinen Nachttischwecker mit den modernen Klappziffern sagte mir, dass es zehn vor vier war.«

»Haben Sie erkannt, *wer* da schnauzte, Frau Klier?«, fragte Liesel und wuselte durch ihre langen, blonden Löckchen.

»Natürlich, Fräulein Weppen«, meinte die wuchtige Wahrsagerin mit einwandfreier Kauleiste. »Es waren die Mechthild und der Johann!«

»Potzblitz!«, entfuhr es mir, denn jetzt war klar, dass der olle Süßkramkutscher mich doch tatsächlich nach Brief und Siegel belogen hatte! »Konnten Sie verstehen, liebe Christel, worum es bei dem Streit ging?«

»Erst als ich draußen war, Herr Kommissar. Nachdem ich den Morgenmantel übergeworfen und mich mit meinem schönen Kopftuch salonfähig gemacht hatte, hab ich mich aus meinem Wohnwagen und hinter die Luftballonsmitpfeilenbewerfbude geschlichen. Und von dort konnte ich etwas aufschnappen, Herr Kommissar.«

»Und zwar?«

»Johann, der neben Mechthild beim Backfischbrötchenstand stand, sagte: ›*Ich verstehe Dich nicht, Mechthild. Du kannst es doch nicht ewig verdrängen.*‹ Und sie fauchte: ›*Ich will mit all dem nichts mehr zu tun haben! Halt dich doch bitte da raus!*‹ Daraufhin wieder Johann, völlig außer sich: ›*Raushalten? Ich soll mich da raushalten?*‹ Und dann klang es so, als würde Mechthild weinen und nach Luft ringen.«

»Sicher, weil Johann Zuckerwatte genommen und sie ihr um den Kopf gewickelt hat, um sie zu ersticken!«, schlussfolgerte ich.

»Das glaube ich nicht, Herr Kommissar«, protestierte die Wahrsagerin. »Ich habe nämlich gesehen, wie Johann nach diesem Wortwechsel davonstapfte.«

Frau Klier entging nicht, wie Liesel und ich äußerst ratlose Blicke austauschten. »Und kaum war Johann hinter dem Autoskooter verschwunden«, sprach sie rasch weiter, »hörte ich Schritte aus der anderen Richtung näher kommen.«

»Es war noch eine dritte Person im Spiel?«, fragte meine attraktive Assistentin voller Anspannung.

Christel Klier nickte. »Ein Schatten tauchte hinter der Backfischbude auf. Wer auch immer es war, Mechthild musste die Gestalt wohl erkannt haben, denn sie schrie: ›*Was willst du nach all den Jahren von mir?! Du gehörst nicht mehr zu meinem Leben! Geh weg!*‹«

Ich war völlig von den Socken. »Sagte Frau Techtel wirklich *nach all den Jahren*?«

»Ganz bestimmt, Herr Kommissar! Und danach ging die Mechthild in die Knie und schluchzte ganz fürchterlich.«

»Und was tat diese Gestalt?«

»Keine Ahnung, denn dann bekam ich einen Schlag ins Gesicht. Und als ich wieder zu mir kam, merkte ich, dass mein Gebiss fehlte.«

»Zu ärgerlich.«

»Genau. Und als Sie mich verhaftet haben, Herr Kommissar, da hatte ich gerade aufgegeben, es zu suchen.«

»Aber liebe Christel«, lächelte ich und drehte meine Schreibtischlampe wieder in die richtige Position zurück. »Ich habe Sie doch nicht verhaftet! Ich wollte Sie nur zu mir ins Büro auf einen Kaffee einladen.«

»Das mit dem Kaffee haben Sie wohl vergessen.«

»Jedenfalls haben Sie uns sehr geholfen«, wechselte ich das Thema.

»Kann ich denn jetzt endlich auf die Kirmes zurück und mein Wahrsagerinnenbüdchen aufmachen? Die Leute stehen davor bestimmt schon Schlange.«

»Klar, Frau Klier«, versprach ich. »Und selbstverständlich werden wir Sie dorthin begleiten.«

»Danke, Herr Kommissar.«

»Und wir zwei beiden«, wandte ich mich an Liesel, »wir knöpfen uns bei der Gelegenheit noch einmal den Johann vor. Der scheint mir mehr am Stecken zu haben, als nur Schokobananen und Liebesäpfel.«

* * *

Auf dem Kirmesplatz war der Teufel los.

Über fünfzig Personen tummelten sich auf dem Rummel. Wie es schien, lockte unser hiesiges Volksfest auch Besucher aus den umliegenden Ortschaften Bad Simpson, Nelda und Dortig sowie der Kreisstadt Dingenskirchen an. Ich sah seekranke Landratten auf der Schiffsschaukel, Opis und Omis mit Fischbrötchen am Zahn, pickelgesichtige Halbstarke drückten sich am Autoskooter rum und rauchten ihre ersten Kaugummizigaretten. Kinder kauten auf bunten Luftballons und ließen gebrannte Mandeln steigen. Oder umgekehrt.

Liesel und meine Wenigkeit kämpften uns mit »Madame Esmeralda« durchs Gedränge und eskortierten sie zu ihrer Wahrsagerinnenbude. Dort warteten tatsächlich bereits mehrere Leute, die sich von der Frau im hässlichen Kopftuch sagen lassen wollten, was für sie in den Sternen steht.

Dann stapfte ich mit meiner Assistentin zur Süßigkeitenkutsche. Das Vordach stand offen, die Leckereien waren appetitlich zur Schau gestellt, alle Birnchen brannten. Von Johann war jedoch nichts zu sehen.

»Johann?«, machte ich mich lautstark bemerkbar. »Kommissar Engelmann und Polizeimeisterin Weppen hier!«

Nichts tat sich.

Ich stellte mich auf die Zehenspitzen und beugte mich über die Theke, um, so gut es ging, ins Innere der Kutsche gucken zu können.

»Verstecken hat keinen Zweck, Johann!«, rief ich. »Warum haben Sie mich angelogen? Ich weiß jetzt, dass Sie um vier Uhr nicht geschlafen haben!

Als wir erneut keine Reaktion erhielten, spürte ich, wie ein komisches Gefühl anfing, meine Magenwände zu tapezieren.

»Liesel, Sie schwärmen aus. Ich beobachte die Situation von hier!«

»Alles klar, Herr Kommissar!«

Sofort machte sich Polizeimeisterin Weppen auf, die verlassene Süßigkeitenkutsche zu umzingeln. »Du liebes bisschen, Chef!«, rief sie plötzlich wie von der Tarantella gestochen. »Kommen Sie schnell!«

Ein Portiönchen Schweiß plätscherte mir unter die Hutkrempe und so schnell ich konnte folgte ich Liesels Ruf hinter die Kutsche.

Johann lag auf dem Rücken, drei Wurfpfeile steckten in seiner Brust. »Wer kann das nur getan haben, Chef?«, fragte Liesel mit einem Kloß im Hals.

»Spontan keinen Schimmer«, murmelte ich. »Aber Selbstmord scheidet aus.«

»Sie meinen, wegen des Einflugwinkels der Pfeile?«

»Sehr gut, Liesel«, lobte ich meine attraktive Assistentin. »Niemand hat nämlich so lange Arme, dass er genug Anlauf nehmen kann, um sich die Wurfpfeile mit genug Schmackes selbst in die Brust zu werfen. Das muss schon jemand anderes getan haben.«

»Aber wer?«

»Puh, wenn ich das wüsste«, seufzte ich. »Dieser Fall ist eine ganz schön harte Nuss, Liesel.«

»Was ist hier los, Engelmännchen?!« Plötzlich stand Heide Witzka bei uns. Selbstverständlich im Doppelpack mit Raimund Eichen, der an einer *Gitanes* nuckelte und seine schwarze Warze knetete.

Unser Kaffoberhaupt blickte mich entrüstet an. »Jetzt sag bloß, anstatt den Fall gelöst zu haben, hast du den nächsten Mord an der Backe?!«

»Der Süßigkeitenkutscher hat die Zügel abgegeben, Heide«, sagte ich und zeigte mit einem Schulterzucken auf die totgedartete Leiche zu unseren Füßen. »Hättest du mich die Kirmes beschlagnahmen lassen, wäre das sicher nicht passiert!«

In meinen Gehirnwindungen war jede Menge los. Offenbar war Johann zur Zielscheibe geworden, weil er zu viel wusste. Oder weil er mir zu viel erzählt hatte? Aber *was* wusste er? Und wen könnte das stören? Vielleicht die düstere Gestalt, von der Mechthild Techtel nach *all den Jahren* nichts mehr wissen wollte? Diese geheimnisvolle Person, die Christel Klier die Beißerchen rausgehauen hatte?

Als hätte Heide meine Gedanken gehört, zupfte sie mich am Trenchcoat. »Steh da nicht rum und denk Fragen in die Luft, Engelmännchen. Tu was!«

Doch ich hörte Heide Witzka gar nicht zu, denn mir war plötzlich etwas klar geworden: Nicht nur der Johann hatte mir viel erzählt, auch Christel Klier. Ich schluckte.

Verdammte Hacke! »Madame Esmeralda« hatte sogar regelrecht aus dem Nähkästchen geplaudert!

»Schnell, Liesel!«, rief ich und setzte zum Sprint an. »Dalli, dalli!«

»Wohin denn überhaupt, Chef?«

»Na, zum Wahrsagerinnenbüdchen!«

»Ach so! Na, dann los!«

Wir machten uns auf die Socken und ließen die Frau Bürgermeisterin und den Warz-Eichen hinter der Süßigkeitenkutsche stehen. Wenn wir Glück hatten, war Christel Klier noch nichts Schlimmes zugestoßen.

* * *

Unterdessen war eine Menge Zeit vergangen und die Zeiger meiner Armbanduhr hatten sich für den Augenblick auf 19:24 Uhr eingependelt. Die Dunkelheit fing an, von draußen in mein Bürofenster zu spicken.

In der Zwischenzeit waren Johanns sterbliche Überreste samt der Wurfpfeile in die hiesige Pathologie geschafft und untersucht worden. Frau Doktor Anna Lühse hatte die Pfeile zur weiteren Verwendung freigegeben, den Johann hingegen nicht.

»Wie machen wir denn weiter, Chef?«

Liesel saß mir in meinem Büro am Schreibtisch gegenüber und war damit beschäftigt, ihren blonden Affenschaukeln den letzten Schliff zu verpassen.

»Wenn ich das nur wüsste«, antwortete ich und schüttete mir einen mehrfachen Cognac ins Glas. »Jedenfalls ist es gut, dass Christel Klier jetzt in Sicherheit ist«, stellte ich fest, nachdem ich einen ordentlichen Schluck genommen hatte.

»Genau, Chef, und zwar an einem Ort, an dem sie niemand vermutet.«

»Nur komisch, dass sie selbst nicht geahnt hat, in welcher Gefahr sie sich befindet«, ergänzte ich, »Immerhin ist sie ja Wahrsagerin.«

Erneut nahm ich ein Schlückchen Cognac und rückte meinen Hut zurecht, als plötzlich das Telefon schellte.

»'n Abend. Hiesige Mordkommission. Kommissar Heinz Engelmann in der Leitung«, sprach ich in den Hörer, den ich mir alsbald geschnappt hatte.

»'n Abend, Kommissar! Ich bin's, der Teddy.«

»Ah, unser Starreporter! Was hast du denn auf dem Herzen?«

»Erinnern Sie sich, dass wir uns neulich fragten, wann zuletzt eine Kirmes bei uns gewesen wäre?«

»Das war *gestern*, Teddy«, sagte ich und rollte kräftig mit den Augen. »Ich bin zwar Beamter, aber trotzdem nicht blöd.«

»Gut«, stellte der Reporter beruhigt fest und erzählte weiter. »Heute war ich in der hiesigen Kaffbibliothek, um genau das zu recherchieren. Und wie ich so Mikrofilm um Mikrofilm und olle Zeitungsausgaben wälze, finde ich heraus, dass dieselbe Kirmestruppe zuletzt vor zweiundvierzig Jahren hier in Hiesig war, Herr Kommissar. Und dabei bin ich auf etwas Unglaubliches gestoßen, auf eine Sensation!«

»Na dann raus damit!«, bat ich, plötzlich aufs Höchste gespannt.

»Nicht am Telefon.«

»Och, Teddy, jetzt spuck schon aus, was du entdeckt hast.«

»Nein, Kommissar Engelmann, nicht am Telefon.«

»Ach Gottchen«, entfuhr es mir und ich schüttelte so doll mit dem Kopf, dass das Spiralkabel des Hörers wild umherschlackerte. »Jetzt komm mir bitte nicht mit der *Nicht-am-Telefon-Nummer*!«

»Wieso denn nicht, Herr Kommissar?«

»Weil doch auf der Hand liegt, wozu das führt«, begann ich meine fachmännische Erklärung. »Du wirst mich bei Nacht und Nebel zu einem bestimmten Treffpunkt bestellen, um mir dort von der Sensation zu berichten.«

»Woher … wussten Sie das?«, staunte Teddy Bär nicht schlecht.

»Das liegt doch auf der Hand«, machte ich ihm klar. »Und wenn ich am Treffpunkt ankomme, wirst du mausetot sein.«

»Ach. Bestimmt nicht, Engelmann.«

»Doch, Teddy«, beteuerte ich voller Inbrunst. »So läuft das nämlich in fast allen Krimis ab.«

»In *diesem* garantiert nicht, Herr Kommissar. Also treffen Sie mich, wenn der kleine und der große Zeiger auf der Zwölf sind, und zwar beim …«

Nachdem ich die Anweisungen des Reporters auf einen Zettel gekritzelt hatte, ließ ich den Telefonhörer mit einem Seufzen auf die Gabel sinken.

* * *

Als meine Armbanduhr 23:55 Uhr anzeigte, musste ich feststellen, dass es fünf vor zwölf war.

Gemeinsam mit Liesel machte ich mich zu dem von Teddy genannten Treffpunkt auf, zum Kassenhäuschen des Kinderkarussells. Da ich gestern Abend ja mit Schwung dagegen gelaufen war, wusste ich noch genau, wo es sich befand. Als meine attraktive Assistentin und ich um zwei vor Mitternacht dort ankamen, lag die Kirmes, die ihre Pforten um 23 Uhr schloss, still da.

Der Reporter erwartete uns neben dem Kassenhäuschen und seine kackbraune Wildlederjoppe schimmerte im Licht einer Straßenlatüchte. Überrascht musste ich feststellen, dass Teddy noch lebte.

»Sehen Sie, Engelmann«, zischte er mir grinsend zu. »Ich bin überhaupt nicht tot.«

»Freut mich für dich, Teddy«, sagte ich, traute aber dem Braten nicht so recht.

»Was ist denn nun mit Ihrer Sensation, Teddy?«, erkundigte sich Liesel, nicht minder gespannt als ich.

»Ha! Ihr werdet Augen machen«, sagte er, sah sich verstohlen um, griff langsam in seine Jacke, als plötzlich ein Schuss die nächtliche Stille zerfetzte.

Liesel und ich duckten uns hinter das Kassenhäuschen, als auch schon ein weiterer Schuss knallte. Teddy torkelte, klappte zusammen und landete vornüber neben dem Kinderkarussell.

Just in diesem Augenblick fing die hiesige Kirchturmuhr damit an, Mitternacht zu bimmeln, als wollte sie zur Dramatik beitragen. Beim zwölften Schlag krochen Polizeimeisterin Weppen und meine Wenigkeit aus der Deckung und traten zu Teddys Leiche. Sie war tot.

Ich beugte mich zu ihr hinunter und drehte sie auf den Rücken.

Dann klopfte ich Teddys blutige Wildlederjacke ab, bis mich ein Knistern aufhorchen ließ.

Die leicht vergilbte Zeitung, die ich kurz darauf in den Händen hielt, trug ein sehr altes Datum und mit bis zum Herz pochenden Schläfen las ich die Schlagzeile auf der Titelseite.

HIESIGE KIRMES VON DRAMATISCHEM EREIGNIS ÜBERSCHATTET

Und gleich darunter stand:

*Tragödie um Schaustellerpaar
und ihr uneheliches Kind!*

Ich verschlang den dreispaltigen Artikel und was darin stand, schmeckte mir überhaupt nicht. Laut des *Hiesigen Käseblatts* von vor zweiundvierzig Jahren hatte der Johann *sehr wohl* mit der Mechthild Techtel ein Techtelmechtel! Und der alte Süßkramkutscher hatte mich nicht nur dreist angeflunkert, sondern mir auch etwas ganz Entscheidendes verheimlicht!

Gerade wollte ich den Artikel noch mal lesen, da ertönte hinter unseren Rücken ein dumpfes Geräusch. Liesel und ich schnellten herum.

»Sehen Sie, Chef!«, rief Polizeimeisterin Weppen. »Die Seitentür der Schießbude!«

Ein Schatten löste sich von der düsteren Bude. Er trug einen länglichen Gegenstand, der wie ein Gewehr aussah und verschwand zwischen den Fahrgeschäften.

Für mich bestand jetzt, nach der Lektüre des alten Zeitungsartikels, überhaupt kein Zweifel, um wen es sich bei der Schießbudenfigur handelte: nämlich um *die* Person, die nicht nur Teddy, sondern auch Mechthild Techtel und den Johann kaltgestellt hatte!

Liesel Weppen kontrollierte den Sitz ihrer frisch duftenden *Femina*-Slipeinlage und wollte gerade die Verfolgung aufnehmen, da sah sie mein verschmitztes Lächeln.

»Oh!«, lachte sie. »Dieses Gesicht kenne ich, Chef. Sie wissen wohl, wer der Mörder ist.«

»Stimmt, liebe Liesel!«

»Das ist ja dufte!«

»Nicht wahr?«, strahlte ich. »Und natürlich weiß ich auch, wohin der Halunke gelaufen ist. Kommen Sie!«

* * *

Liesels Affenschaukeln baumelten im matten Mondschein.

Wir hockten jetzt neben der Luftballonsmitpfeilenbewerfbude auf der Lauer – wie zwei schlanke Regenfässer.

Von hier aus hatten wir Christel Kliers Wohnwagen gut im Blick.

»Was haben Sie jetzt vor, Chef?«, fragte mich Liesel und ich weihte sie ein. »Logischerweise will der Killer nach Mechthild Techtel, Johann und Teddy nun auch noch ›Madame Esmeralda‹ umlegen.«

»Aber, Kommissar Engelmann«, warf Liesel ein. »Die Christel ist doch gar nicht in ihrem Wohnwagen. Wir haben sie doch sicherheitshalber im hiesigen Hotel, dem *Hotel Hiesig*, untergebracht.«

»Das weiß aber doch der Mörder nicht!«

»Und wer ... wer ist es, Chef?«

Gerade wollte ich das meiner Assistentin verraten, da flog die Wohnwagentür auf und der düstere Schatten kam heraus. Sein Gesicht war trotz des Mondlichts nicht zu erkennen, wohl aber das Schießbudengewehr, das er jetzt wütend zu Boden warf. Ich sprang von hinter der Luftballonsmirpfeilenbewerfbude hervor, riss mein Feuerzeug aus dem Trenchcoat, ratschte es an und hielt es dem Strolch lichterloh unter die Nase.

»Christel Klier war wohl nicht zu Hause, was?«, triumphierte ich. Liesel stieß einen erstaunten Schrei aus, als sie sah, wen wir da vor uns hatten. Doch die Person reagierte blitzschnell, pustete meine Flamme aus und rannte in die Dunkelheit davon.

ACHTUNG, ACHTUNG!

LESERENTSCHEIDUNG!

Liebe Leserin, lieber Leser.
An dieser Stelle dürfen Sie sich entscheiden …
Soll dieser Fall ein trauriges Ende haben, dann lesen
Sie auf der nächsten Seite weiter.

Falls Sie ein nicht so trauriges Ende bevorzugen,
blättern Sie bitte zu Seite 142.

Das TRAURIGE ENDE

Liesel und ich folgten dem flüchtenden Schatten Richtung Achterbahn, die sich im Mondschein vor uns abzeichnete, als wir plötzlich ein Rumpeln hörten und eine Sekunde später in gleißendes Licht getaucht wurden.

Offenbar hatte der Halunke einen Hebel umgeworfen und die Achterbahn in Betrieb genommen! Das Surren von Starkstrom erfüllte die hiesige Nacht und die Wagen der Bahn setzten sich ratternd in Bewegung.

Der Killer, beziehungsweise die Killerin war in den vordersten Karren gesprungen und hatte allem Anschein nach vor, abzuhauen. Von wegen! Ich sprintete los, hüpfte in den zweiten Wagen und ab ging's, die Rampe hoch. »Achtung, Achtung! Hier spricht die Polizei!«, brüllte ich. »Stehen bleiben!« Doch der Fluchtwagen war am Gipfel der Steigung angekommen und machte sich nun mit einem Affenzahn davon.

Ich wollte die Verfolgung aufnehmen, wie ich es von den vielen heißen Rennen in meinem rosaroten Panda gewohnt war, kroch aber wie eine lahme Ente die Rampe hoch. Außerdem musste ich feststellen, dass die Karre, in der ich saß, über kein Gaspedal verfügte. Lenkrad, Schaltknüppel, Kupplungspedal und Bremse waren übrigens auch nicht vorhanden!

Schließlich war ich ganz oben und es ging abwärts! Gerade beabsichtigte ich, meine Dienstwaffe aus dem Trenchcoat zu ziehen, um dem Wagen vor mir die Reifen zu zerschießen, da riss es mich in den Sitz. Überschallgeschwindigkeit war nichts im Vergleich zu dem, womit ich jetzt die Schienen entlang in die Tiefe sauste. Tränen schossen mir in die Augen, meine Ohrläppchen schlackerten wie die Fähnchen am Kühler einer Staatskarosse.

Die Gestalt im Wagen vor mir fuhr plötzlich einen Überschlag und glaubte wohl, mich mit solch einem abenteuerlichen Manöver abhängen zu können, doch ich zischte einfach hinterher. Mein

Trenchcoat flatterte im Wind wie das Cape von Batman persönlich und auch in den nächsten zwei scharfen Kurven blieb ich dem Kerl dicht auf den Fersen. Doch nach wie vor gelang es mir nicht, die Kanaille einzuholen.

Ich stieß einen Seufzer aus, der aber vom Fahrtwind direkt wieder in den Hals zurückgeweht wurde. Ich begriff, dass ich so zwar schnell voran, aber absolut nicht weiterkam.

In der grellen Achterbahnbeleuchtung tauchte nun ein zweiter Looping am Horizont auf und ich schmiedete aus dem Stegreif einen Plan ohne Netz und doppelten Boden.

Dann ging der Wagen vor mir auch schon leicht in die Schräge und schoss auf den Überschlag zu.

»Der Hebel!«, brüllte ich zu Liesel hinunter, die beim Kassenhäuschen stand und mit weit offenem Mund meine rasante Berg- und Talfahrt verfolgte. »Schnell, drehen Sie den Saft ab!«

Liesel preschte gute fünfzehn Meter unter mir zum Stromkasten und mit schlackernden Ohren hörte ich, wie meine Assistentin den Hebel umwarf. Das gleißende Licht erlosch, die Wagen drosselten ihre Geschwindigkeit und durch das Fahrwasser in den Klüsen konnte ich erahnen, dass mein bahnbrechender Plan aufging.

Der Wagen vor mir befand sich in diesem Augenblick nämlich mitten im Überschlag und durch die plötzlich aufgekommene Langsamkeit blieb dem flüchtenden Schatten nichts anderes übrig, als herauszufallen!

Ich rollte die Runde schön gemütlich zu Ende aus und sprang aus der Karre. Dann liefen Liesel und ich ins Innere des Achterbahngestells.

Und dort lag Raimund Eichen!

Sein Fall war mit einem Fall beendet worden.

Der Warz-Eichen versuchte, an seinen gebrochenen Rippen vorbei, zu atmen und sein Mund zuckte. Ich beugte mich über ihn. »Warum?«, fragte ich – und das zu Recht.

»Ach diese verfluchte Kirmes«, keuchte er. »Die ist überhaupt an allem schuld! Ich hatte meine Eltern damals gebeten, an einem Ort zu bleiben und eine richtige Familie zu sein.« Rasselnd rang er nach Luft und seine Stimme bebte. »Aber Mama Mechthild dachte immer nur an ihre scheiß Kirmes und auch Papa wollte immer unterwegs sein. Wie die Zigeuner, hat er immer gesagt.«

Raimund weinte jetzt bitterlich. Die Tränen liefen ihm literweise durchs Gesicht und bahnten sich ihren Weg um die schwarze Warze herum.

»Sie konnten einfach nicht verstehen, dass ich lieber Beamter werden wollte. Schon als Siebenjähriger hasste ich den Gedanken, dass mein Leben eine Achterbahnfahrt werden könnte. Und eines Tages, nachdem wir hier in diesem Kaff gastiert hatten, da haben sie mich einfach am hiesigen Ortseingangsschild angebunden und sind ohne mich in den Wohnwagen gestiegen und davongefahren.«

»Hab's in der Zeitung gelesen«, erklärte ich und fummelte meine Schachtel *Overstolz* aus dem gut gelüfteten Trenchcoat. »Dass der Johann mit Nachnamen Eichen heißt und das Kind eine kleine, schwarze Warze an der Nase hat, stand auch in dem Artikel.« Raimunds Feuchtwangen schimmerten im Mondlicht. Ich bot ihm eine gute *Overstolz* an, doch er lehnte dankend ab. »Und als Sie von Heide Witzka erfuhren, dass die Techtel'sche Kirmes wieder in hiesige Gefilde kommen würde, wollten Sie noch mal mit Ihren Eltern reden«, kombinierte ich und steckte mir die Fluppe zwischen die Zähne.

»So war es, Engelmann«, gurgelte Eichen, griff mit fahrigen Fingern in die Brusttasche seines ehemals weißen Hemds und brachte seine Zigaretten zum Vorschein. »Also wollte ich letzte Nacht zu ihrem blauen Wohnwagen, aber dann habe ich den Streit gehört und lief Amok.« Zitternd steckte er sich eine *Gitanes* in den schlaffen Mund und ich gab uns beiden Feuer.

»Ich verstehe«, meldete sich nun Liesel zu Wort und beugte sich über den hageren Mann, der seine letzte Zigarette rauchte. »Und weil Sie mit dem Kirmesleben aufgewachsen sind, konnten

Sie auch 42 Jahre später mit Zuckerwatte, Wurfpfeilen und Schießbudengewehren noch geschickt umgehen.«

Raimund Eichen nickte schwach. »Und meinen Generalschlüssel für die Kirmes hatte ich, seit meine Eltern mich ausgesetzt haben, bei mir.«

Eichen spuckte Blut und dabei fiel ihm die Fluppe von den roten Lippen. Dann ging bei ihm das Licht aus. Für immer.

»Da soll mal einer sagen, bei uns im Dorf passiert nichts«, seufzte ich und trat Eichens letzte Zigarette aus.

»Aber trotz allem glaube ich, dass der Junge mit der Warze über all die vielen Jahre seine Eltern stets in einer gut vertäuten Ecke seines Herzens bei sich getragen hat«, sagte ich zu Liesel, die sich nun aufrichtete und mich mit ihren Kulleraugen ansah.

»Ach, Kommissar Engelmann, Sie meinen, weil er *Gitanes* geraucht hat und *Gitanes* französisch für Zigeuner ist?« Ich nickte und rieb mir meine wunden Ohrläppchen. »Und morgen wird das Engelmännchen endlich die Kirmes beschlagnahmen, da kann die Heide Witzka sagen, was sie will.«

»Und jetzt, Chef?«

»Jetzt, liebe Liesel, gehen wir ins *Hotel Hiesig* und erzählen Christel Klier, alias ›Madame Esmeralda‹, dass sie die Sache überlebt hat.«

Dann kletterten Liesel und ich unter dem Gestänge der Achterbahn hervor, verließen den Kirmesplatz und spazierten durch die menschenleeren Straßen – die in diesem Moment natürlich nicht menschenleer waren, weil wir ja da entlanggingen – in die tiefschwarze Nacht hinein …

Ende

Das NICHT SO TRAURIGE ENDE

Liesel und ich folgten dem flüchtenden Schatten Richtung Achterbahn, die sich im Mondschein vor uns abzeichnete, als wir plötzlich ein Rumpeln hörten und eine Sekunde später in gleißendes Licht getaucht wurden.

Offenbar hatte der Halunke einen Hebel umgeworfen und die Achterbahn in Betrieb genommen! Das Surren von Starkstrom erfüllte die hiesige Nacht und die Wagen der Bahn setzten sich ratternd in Bewegung.

Der Killer, beziehungsweise die Killerin war in den vordersten Karren gesprungen und hatte allem Anschein nach vor, abzuhauen. Von wegen! Ich sprintete los, hüpfte in den zweiten Wagen und ab ging's, die Rampe hoch. »Achtung, Achtung! Hier spricht die Polizei!«, brüllte ich. »Stehen bleiben!« Doch der Fluchtwagen war am Gipfel der Steigung angekommen und machte sich nun mit einem Affenzahn davon. Ich wollte die Verfolgung aufnehmen, wie ich es von den vielen heißen Rennen in meinem rosaroten Panda gewohnt war, kroch aber wie eine lahme Ente die Rampe hoch. Außerdem musste ich feststellen, dass die Karre, in der ich saß, über kein Gaspedal verfügte. Lenkrad, Schaltknüppel, Kupplungspedal und Bremse waren übrigens auch nicht vorhanden!

Schließlich war ich ganz oben und es ging abwärts! Gerade beabsichtigte ich, meine Dienstwaffe aus dem Trenchcoat zu ziehen, um dem Wagen vor mir die Reifen zu zerschießen, da riss es mich in den Sitz. Überschallgeschwindigkeit war nichts im Vergleich zu dem, womit ich jetzt die Schienen entlang in die Tiefe sauste. Tränen schossen mir in die Augen, meine Ohrläppchen schlackerten wie die Fähnchen am Kühler einer Staatskarosse.

Die Gestalt im Wagen vor mir fuhr plötzlich einen Überschlag und glaubte wohl, mich mit solch einem abenteuerlichen Manöver abhängen zu können, doch ich zischte einfach hinterher.

Mein Trenchcoat flatterte im Wind wie das Cape von Batman

persönlich und auch in den nächsten zwei scharfen Kurven blieb ich dem Kerl dicht auf den Fersen. Doch nach wie vor gelang es mir nicht, die Kanaille einzuholen.

Ich stieß einen Seufzer aus, der aber vom Fahrtwind direkt wieder in den Hals zurückgeweht wurde. Ich begriff, dass ich so zwar schnell voran, aber absolut nicht weiterkam.

In der grellen Achterbahnbeleuchtung tauchte nun ein zweiter Looping am Horizont auf und ich schmiedete aus dem Stegreif einen Plan ohne Netz und doppelten Boden.

Dann ging der Wagen vor mir auch schon leicht in die Schräge und schoss auf den Überschlag zu.

»Der Hebel!«, brüllte ich zu Liesel hinunter, die beim Kassenhäuschen stand und mit weit offenem Mund meine rasante Berg- und Talfahrt verfolgte. »Schnell, drehen Sie den Saft ab!«

Liesel preschte gute fünfzehn Meter unter mir zum Stromkasten und mit schlackernden Ohren hörte ich, wie meine Assistentin den Hebel umwarf. Das gleißende Licht erlosch, die Wagen drosselten ihre Geschwindigkeit und durch das Fahrwasser in den Klüsen konnte ich erahnen, dass mein bahnbrechender Plan aufging. Der Wagen vor mir befand sich in diesem Augenblick nämlich mitten im Überschlag und durch die plötzlich aufgekommene Langsamkeit blieb dem flüchtenden Schatten nichts anderes übrig, als herauszufallen!

Ich rollte die Runde schön gemütlich zu Ende aus und sprang aus der Karre.

Dann liefen Liesel und ich ins Innere des Achterbahngestells.

Und dort lag Raimund Eichen!

Sein Fall war mit einem Fall beendet worden. Der Warz-Eichen schien sich beim Sturz den einen oder anderen Wirbel verrenkt zu haben, denn er atmete angestrengt.

Ich beugte mich über ihn. »Warum?«, fragte ich – und das zu Recht.

»Ach diese verfluchte Kirmes«, keuchte er. »Die ist überhaupt an allem schuld! Ich hatte meine Eltern damals gebeten, an *einem* Ort zu bleiben und eine richtige Familie zu sein.« Rasselnd rang er nach Luft und seine Stimme bebte. »Aber Mama Mechthild dachte immer nur an ihre scheiß Kirmes und auch Papa wollte immer unterwegs sein. Wie die Zigeuner, hat er immer gesagt.« Raimund weinte jetzt bitterlich. Die Tränen liefen ihm literweise durchs Gesicht und bahnten sich ihren Weg um die schwarze Warze herum.

»Meine Eltern konnten einfach nicht verstehen, dass ich lieber Beamter werden wollte. Schon als Siebenjähriger hasste ich den Gedanken, dass mein Leben eine Achterbahnfahrt werden könnte. Und eines Tages, nachdem wir hier in diesem Kaff gastiert hatten, da haben sie mich einfach am hiesigen Ortseingangsschild angebunden und sind ohne mich in den Wohnwagen gestiegen und davongefahren.«

»Hab's in der Zeitung gelesen«, erklärte ich und fummelte meine Schachtel *Overstolz* aus dem gut gelüfteten Trenchcoat. »Dass der Johann mit Nachnamen Eichen heißt und das Kind eine kleine, schwarze Warze an der Nase hat, stand auch in dem Artikel.«

Raimunds Feuchtwangen schimmerten im Mondlicht. Ich bot ihm eine gute *Overstolz* an, doch er lehnte dankend ab.

»Und als Sie von Heide Witzka erfuhren, dass die Techtel'sche Kirmes wieder in hiesige Gefilde kommen würde, wollten Sie noch mal mit Ihren Eltern reden«, kombinierte ich und steckte mir die Fluppe zwischen die Zähne.

»So war es, Engelmann«, gurgelte Eichen, griff mit fahrigen Fingern in die Brusttasche seines Hemds und brachte seine Zigaretten zum Vorschein. »Also wollte ich letzte Nacht zu ihrem Wohnwagen, aber dann habe ich den Streit gehört und lief Amok.«

Zitternd steckte er sich eine *Gitanes* in den schlaffen Mund und ich gab uns beiden Feuer.

»Ich verstehe«, meldete sich nun Liesel zu Wort und beugte sich auch über den hageren Mann. »Und weil Sie mit dem Kirmesleben aufgewachsen sind, konnten Sie auch 42 Jahre später mit Zuckerwatte, Wurfpfeilen und Schießbudengewehren noch geschickt umgehen.«

Raimund Eichen nickte. »Und meinen Generalschlüssel für die Kirmes hatte ich natürlich auch noch.«

»Und ich glaube«, fuhr meine Assistentin fort, »dass Sie ausgerechnet *Gitanes*-Zigaretten rauchen, weil Sie Ihre Eltern trotz des Leids all die vielen Jahre in einer gut vertäuten Ecke Ihres Herzens bei sich getragen haben.«

Eichen nahm einen Zug an seiner Fluppe und sah Liesel an. »Sie haben recht«, hauchte er. »Denn *Gitanes* ist französisch für Zigeuner.«

Raimund versuchte ein schwaches Lächeln, hustete und dabei fiel ihm die Fluppe von den blutroten Lippen.

»Sterben Sie jetzt?«, erkundigte ich mich, da ich ja kein Gerichtsmediziner war.

»Nein, keine Sorge, Herr Kommissar. Ich habe bloß zu viel frische Luft von der Achterbahnfahrt in der Lunge«, röchelte der Warz-Eichen. »Das wird schon wieder. Außerdem ist dies ja das nicht so traurige Ende.«

»Da haben Sie auch wieder recht«, sagte ich und rieb mir meine wunden Ohrläppchen.

»Und jetzt, Chef?«, wollte meine attraktive Assistentin wissen.

»Jetzt, liebe Liesel, bringen wir Herrn Eichen in unsere Zelle im Polizeipräsidium und dann gehen wir ins *Hotel Hiesig* und erzählen Christel Klier, alias ›Madame Esmeralda‹, dass sie die Sache überlebt hat.«

Wir halfen Raimund Eichen auf die Beine, kletterten unter dem Gestänge der Achterbahn hervor, verließen den Kirmesplatz und spazierten durch die menschenleeren Straßen – die in diesem Moment natürlich nicht menschenleer waren, weil wir ja da langgingen – in die tiefschwarze Nacht hinein …

Ende

*Bitte beachten Sie auch die
nachfolgenden Seiten ...*

In Vorbereitung:

SUPER
RETRO
KRIMI
BAND

2

KOMMISSAR
ENGELMANN

von
Sascha
Gutzeit

Fünf Krimis in einem Band!

KOMMISSAR ENGELMANN

Live!

Fotos: Christoph Müller

In einer sensationellen Mischung aus Theaterlesung,
Konzert und Live-Hörspiel bringt Sascha Gutzeit die
Kommissar-Engelmann-Fälle auf die Bühne.
Ein Super-Retro-Krimi-Spaß, den Sie nicht verpassen sollten!

»Gutzeits schauspielerische Leistung ist sensationell!«
(Trierischer Volksfreund)

»Krimi, Kult und Kabarett!«
(Aachener Zeitung)

www.lesical.de

Sascha Gutzeits
mörderischste Songs auf CD!

**Mit »Der Mörder ist immer der Täter«,
»Die Dorfpolizei«, »Seit ich ermordet worden bin« u.v.a.**

*»Wortwitz, wandelbare Stimme, Temperament,
Musikalität und Charisma.« (Blick Aktuell)*

*»Klavier, Gitarre und Stimme sind die einzigen Requisiten,
die Sascha Gutzeit braucht, um eine musikalische Zeitreise
zu starten. Tolle Kleinkunst.« (Bonner Generalanzeiger)*

»Ein wahrer Könner seines Fachs.« (Kölner Stadtanzeiger)

Das Kriminal-Musical
auf DVD!

**Mit Sascha Gutzeit als Kommissar Engelmann ...
und in allen weiteren Rollen!**

»Ein wahres Meisterstück!« *(Gießener Anzeiger)*

»Spannende und vor allem pfiffige Theaterkomödie,
wie es vermutlich bisher keine gab.« *(Kölnische Rundschau)*

»Bei Sascha Gutzeit ist der Name Programm.
Grandios zum Kringeln.
Lustiger geht's nimmer.« *(Bergische Morgenpost)*

Außerdem im **MENDOZA** VERLAG erschienen:

Sascha Gutzeits spaßig-spannende Krimis
für alle Nachwuchs-Spürnasen

978-3-00-053546-8

978-3-00-057155-8

978-3-00-060044-9

978-3-00-062993-8

Luise ist keine gewöhnliche Spinne, sondern eine Detektivspinne!
Sie wohnt in Opa Huberts großem Garten und immer, wenn rund um
den Garten seltsame Dinge passieren, übernimmt Luise den Fall.

Gemeinsam mit ihren Freunden erlebt die schlaue und neugierige
Detektivspinne spannende Abenteuer und sorgt dafür, dass ihr die
Täter ins Netz gehen.